AF727631

[illegible]

DE LA

VIE D'UNE FEMME

PAR

S. HENRY BERTHOUD

PARIS

RENAULT ET Cie, LIBRAIRES-ÉDITEURS

48, RUE D'ULM, 48

QUINZE ANS DE LA VIE D'UNE FEMME

Z

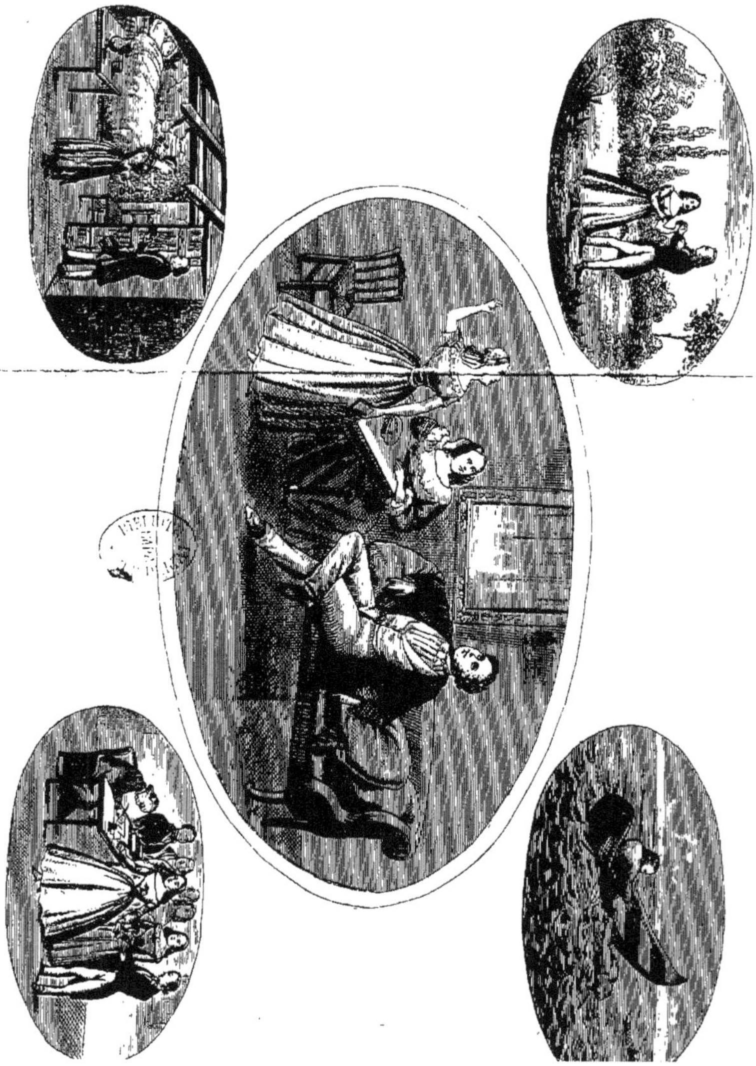

LECTURES POPULAIRES

15.

QUINZE ANS DE LA VIE D'UNE FEMME

Par S. HENRY BERTHOUD

BIBLIOTHÈQUE IMPÉRIALE IMPR.

PARIS
RENAULT ET Cie, LIBRAIRES-EDITEURS
RUE D'ULM. 48.

1861

QUINZE ANS

DE LA VIE D'UNE FEMME

CHAPITRE PREMIER.

QUEL ÉTAIT LE DOCTEUR SAMUEL CORDIER.

Le docteur Samuel Cordier avait, en quelques heures, perdu sa femme, créature d'une beauté merveilleuse, d'une douceur angélique, d'une intelligence supérieure, qu'il avait épousée par amour et qui se trouvait à la veille de devenir mère.

Détaché du monde, et n'attendant plus rien de lui, peu à peu il éprouva un besoin impérieux de solitude. Ses rêves les plus brillants de gloire et de renommée se ternirent et s'effacèrent comme les splendeurs d'un rayon de soleil s'éteignent dans les nuages noirs et lourds d'un orage. L'altération de sa santé donna une nouvelle force à son besoin de vivre loin des hommes et de se réfugier dans le repos et dans l'obscurité. Ce ne fut donc pas sans étonnement et sans regret qu'on apprit que le docteur Cordier venait de renoncer aux diverses fonctions publiques remplies par lui d'une manière si distinguée et si utile. Il ne garda que son titre de médecin de la Pitié. Un an après, il y renonça comme à tout le reste.

Dès lors, il ne sortit plus de sa maison de campagne. Il passait les journées entières à se promener dans son parc. Sans espoir, tout entier à la tendresse de sa mère, il restait étranger au reste.

Hélas ! ce lien, qui semblait éternel, se dénoua sous les doigts glacés de la mort. Un matin, Samuel trouva sa mère étendue sans mouvement dans un fauteuil. Dieu l'avait appelée à lui, et les anges l'avaient emmenée au ciel sans souffrances comme sans efforts.

A dater de ce jour fatal, qui lui avait enlevé sa mère, le séjour de la campagne lui devint insupportable, et une activité sans aliment s'empara de toute son organisation. Il allait au hasard dans la vie, dépourvu de but, accablé d'ennuis, et n'ayant pas même la force de demander des consolations à l'étude. Ce fut dans une pareille situation d'esprit qu'il reçut la lettre suivante :

Nicolaasga, 10 juillet 1849.

« Cher docteur Samuel,

« Je vous dois ma femme et ma fille; « sans vous, toutes deux auraient suc- « combé. La comtesse de Lewardeen ne « m'a rien laissé ignorer. Je sais qu'un « coup cruel vous a frappé. Vous avez « supporté une cruelle épreuve, en homme « pieux et courageux; vous avez eu autant « de force que de cœur Je vous admire « et je vous plains comme un frère. Aussi « viens-je à vous, avec la certitude d'ob- « tenir de votre affection le service im- » portant que j'ai à en requérir. Je compte « sur votre promesse avant de l'avoir ob- « tenue. Mon ami, je vais mourir; il ne « me reste aucun espoir de salut. Demain, « dans une heure peut-être, j'aurai suc- « combé. Pas une plainte ne sortirait de « mes lèvres, si je ne voyais là, près de

« mon lit de mort, ma veuve et ma fille,
« que je laisse sans protecteur et presque
« sans fortune. — Mon père ne m'avait
« légué qu'une succession embarrassée
« et en lutte contre deux procès que j'ai
« perdus. J'ai voulu recourir à des spécu-
« lations commerciales, qui ne m'ont point
« réussi. Aujourd'hui, Samuel, il ne me
« reste que de faibles revenus qui ne ré-
« sisteraient pas à une administration
« sans expérience. Enfin, ma fille, ma
« chère Joanna, quoiqu'elle ne soit en-
« core qu'une enfant, m'inspire de vives
« inquiétudes par la sensibilité excessive
« de son cœur et par l'exaltation passion-
« née de son caractère. Sa mère l'aime
« avec trop de faiblesse pour savoir diri-
« ger cette tête ardente. Soyez un père pour
« elle, mon ami; prenez-la sous votre
« protection. Je prierai pour vous, dans
« le ciel, le Dieu tout-puissant devant le-
« quel je vais comparaître.

« WILHEM, comte de LEWARDEEN. »

Une heure après avoir reçu cette lettre, le docteur Samuel Cordier s'était mis en route pour la Hollande. Huit jours ne s'étaient pas écoulés qu'il entrait dans la petite maison du comte.

L'agonisant n'avait point encore rendu le dernier soupir quand arriva l'ami qu'il avait appelé près de lui. Il lui tendit la main, leva les yeux au ciel, montra, de sa main défaillante, à sa femme et à sa fille le docteur qui ne pouvait retenir ses larmes, murmura le mot de père, et expira.

Le docteur n'avait point hésité à quitter la France pour se rendre au dernier vœu d'un ami ; il ne balança pas davantage à fixer son séjour en Hollande, où il se trouvait pour lui des infortunés à consoler et du bien à faire. Il écrivit sur-le-champ en France, chargea un de ses amis de réaliser sa petite fortune ; après quoi il s'installa dans une chambre de la maison qui donnait sur le jardin, et il commença aussitôt à remplir les nouveaux devoirs qu'il venait de s'imposer. Il alla chercher le pasteur du village.

Le pasteur était un vieillard simple et bon qui seconda merveilleusement Samuel dans sa triste mission près d'Athénaïs et de Joanna. Ils ne cherchèrent point à les consoler, mais ils pleurèrent avec elles ; elles trouvèrent, dans ce partage de leur douleur, une résignation pieuse qui, sans diminuer leur peine, en adoucit du moins l'âpreté. Le Christ lui-même, ce martyr divin, ne voulut point porter seul la croix qu'il montait au Calvaire.

Quand les derniers devoirs eurent été rendus au comte, le docteur Samuel amena un nouveau consolateur au logis, ce fut le travail. Il engagea doucement, par ses exhortations et par son exemple, les deux pauvres femmes brisées à ne point se laisser aller au désespoir, et à lui opposer l'étude. Ce fut au nom de celui qu'elles pleuraient, qu'il les y exhorta. Lui-même se prit à ses propres arguments, et sentit renaître dans son âme une ardeur pour la science qu'il y croyait éteinte. Peu à peu, la comtesse et sa fille commencèrent à se ranimer, et à sortir du sombre abattement où les avait jetées le coup cruel dont elles gémissaient avec tant de raison. L'imagination vive et poétique de Jeanne ne tarda point à s'éprendre d'admiration pour les merveilles de la nature devant lesquelles s'extasiait le bon docteur. Les miracles que révèle le microscope, les mondes infinis que cachent l'herbe de la prairie, la motte de terre des champs et la pierre du rivage, lui révélèrent mille détails romanesques devant lesquels n'étaient rien les prodiges les plus incroyables des contes de fée, racontés, le soir, à la veillée par les superstitieuses vieilles femmes de la Frise. Joanna seconda Samuel dans ses recherches, elle l'accompagna dans ses excursions. Après une journée de fatigues et de promenades, la comtesse les voyait revenir le front baigné de sueur et les yeux étincelants de joie. Tantôt c'était une plante rare dont ils avaient enrichi leur herbier, tantôt un insecte précieux qu'ils rapportaient vivant, afin d'étudier ses mœurs.

Jeanne, ou plutôt Joanna, comme on dit en hollandais, avait adopté pour ces excursions le costume porté par les femmes du pays qu'elle habitait. Une jupe courte de laine rouge laissait à ses pieds une entière liberté de mouvements et ne la gênait ni pour gravir une dune, ni pour franchir un de ces fossés étroits qui entrecoupent, à chaque pas, les marais de la Frise. Une sorte de veste noire, à longues basques, dessinait sa taille svelte et souple, et faisait descendre ses manches étroites un peu au-dessous de l'épaule, seulement assez pour couvrir l'extrémité des bras qui restaient ainsi libres et nus. Mais ce qui donnait à ce costume le plus de richesse et d'originalité, c'était sans contredit la coiffure. Elle consistait en une véritable couronne d'or qui ceignait d'un large cercle la tête de Joanna, et venait s'étendre sur le front, où elle se fermait par une riche agrafe de diamants. Par-dessus cette couronne flottait un riche bonnet de dentelles serré sur le front, et dont les larges plis retombaient sur les charmantes épaules de la jeune fille, que ne cachait aucun autre voile. Quand elle voulait s'abriter contre les pluies soudaines et capricieuses qui se ruent sans cesse sur la Frise, ou contre les livides et épais brouillards qui sortent comme des fantômes du sein des marais, elle s'enveloppait d'un grand manteau de drap blanc et en rabattait le large capuchon sur sa tête. Sa mère, en la voyant revenir au logis, après une journée de course, appuyée sur le bras de Samuel, se sentait fière et tout heureuse; elle souriait, l'attirait contre sa poitrine, l'embrassait avec effusion, et tendait la main à Samuel.

Un soir, elle dit à ce dernier :

Mon ami, ma fille vous aime.

Les yeux de Samuel s'emplirent de larmes; il prit la main de la comtesse et la porta à ses lèvres.

— Soyez donc heureux, reprit la comtesse, avec ma fille que vous rendrez heureuse; car s'il existe quelque disproportion d'âge entre elle et vous, combien cette inégalité est rachetée par l'empire que vous exercez sur elle et par la tendresse que vous lui inspirez! D'ailleurs, cette différence d'années est peut-être indispensable pour vous donner sur elle l'ascendant et le respect, sans lesquels son imagination ardente et l'exaltation de son esprit seraient mal domptées. Vous serez à la fois pour elle un père, un frère et un amant.

Samuel, attendri, s'agenouilla devant la comtesse.

— Je vais annoncer ces heureuses nouvelles à votre fiancée, dit-elle en le relevant. Et elle le laissa ému jusqu'aux larmes et n'osant croire à son bonheur.

Quelques instants après, elle revint avec Jeanne. Jeanne, sans fausse honte, s'avança les yeux baissés vers le docteur. Arrivée près de lui, elle souleva les longs cils de ses paupières et laissa tomber sa main dans la main de Samuel.

— Dieu reçoive vos serments ! dit alors la comtesse. Votre père, qui vous voit dans les cieux, vous bénit et approuve cette union. Dans trois mois, mes enfants, le pasteur vous unira.

Dès ce moment, il y eut encore plus de bonheur que par le passé dans la jolie ferme de Lewardeen. Rien, au premier coup d'œil, n'y semblait changé; mais, en examinant de plus près les fiancés, il était aisé de voir qu'une réserve pleine de mystère et de tendresse s'était établie entre eux, à leur insu. Leurs excursions au dehors étaient moins longues et moins fréquentes; ils semblaient maintenant éviter de se trouver seuls aussi souvent que par le passé. Enfin, quand le soir les surprenait ensemble dans la campagne, ils hâtaient le pas sans qu'ils s'en aperçussent. Jamais ils ne faisaient ni l'un ni l'autre aucune allusion à leur mariage prochain et à leurs fiançailles. Seulement, Joanna se sentait parfois rougir et n'osait lever les yeux, parce qu'elle le comprenait, Samuel tenait ses regards attachés sur elle. La comtesse était heureuse de leurs émotions et de leur bonheur.

CHAPITRE DEUXIÈME.

UN ÉTRANGER.

Une épidémie de fièvres intermittentes vint à sévir avec une violence sans exemple dans la Frise ; le médecin de Slooten tomba malade, assez gravement pour être obligé de garder le lit. Ce médecin était un vieux praticien qui tenait en grande estime son confrère de Nicolaasga. Il s'adressa donc tout naturellement au docteur Cordier pour le prier de se charger de sa clientèle tant que la maladie de leur docteur habituel tiendrait ce dernier éloigné d'elle. Samuel accepta sans hésiter ce surcroît fatigant de travaux qui venait à lui échoir. Joanna résolut de les partager avec lui. Ils partaient avant le jour, et ne rentraient souvent à Nicolaasga que bien avant dans la nuit; encore, la plupart du temps, de malheureux malades attendaient-ils avec anxiété, dans ce village, le retour de celui qu'ils s'étaient habitués à regarder, durant les temps d'épreuves et de souffrances, comme leur ange gardien. Un soir, que Samuel et sa fiancée se trouvaient attardés plus que de coutume, ils résolurent de laisser à Slooten leurs chevaux fatigués, et de se faire reconduire à leur demeure en traversant le lac de Treuke. Un batelier leur offrit avec empressement sa petite barque à deux rames, et ils se hâtèrent d'y descendre; car le brouillard commençait à sortir des marais avec une telle abondance, que les rayons de la lune ne parvenaient point à le percer. On apercevait l'astre, comme un disque de fer rouge, à travers cet épais rideau, qui semblait solide, et qui empêchait littéralement de voir devant soi. Sans la longue expérience du batelier, et surtout sans la connaissance exacte et routinière que ce dernier avait du lac, ils n'eussent point osé se fier à lui et à sa frêle embarcation, sur une petite mer de deux lieues environ d'étendue, qui ne laisse pas que d'avoir ses tempêtes, ses écueils et surtout ses bancs de sable. Le vieux pêcheur se mit donc en route sans y voir, et comme si un bandeau eût couvert ses yeux. Après avoir allumé son énorme pipe, il n'en saisit pas moins ses rames, avec lesquelles il frappa vivement l'eau. Les deux personnes qu'il conduisait remarquèrent néanmoins qu'il avait attaché, aux flancs de sa nacelle, de petits boucliers en bois, dont on se sert dans le pays pour empêcher les bateaux de se submerger. Pendant le gros temps, ces boucliers agissent à peu près à la manière du parachute; si le bateau menace de chavirer, ils s'ouvrent comme des nageoires, s'étendent sur les flots et maintiennent le frêle esquif à la surface.

Joanna, enveloppée dans son large manteau de laine blanche, et la tête voilée sous un large capuchon, s'assit à la poupe; Samuel se plaça presque à ses pieds sur une petite banquette. Dans cette position, il se trouvait à la fois près de sa fiancée, et dans la possibilité de venir aussitôt en aide au rameur, si ce secours paraissait nécessaire.

Tout à coup un choc épouvantable heurta la barque, qui eût chaviré sans les deux boucliers qui la soutinrent. Au même instant, un cri se fit entendre; c'était la voix de Joanna qui appelait à son aide. Le choc de la nacelle l'avait précipitée dans le lac.

Par un mouvement rapide et désespéré, Samuel s'élança au secours de la jeune fille. Il y avait dans ce mouvement plus d'instinct que de raisonnement. Joanna excellait à nager, et il importait beaucoup plus de diriger le canot vers elle pour qu'elle y remontât, que d'aller lui porter un secours inutile et dangereux peut-être. Après la première frayeur causée par l'étonnement de sa chute, elle se mit à regagner la barque, dont elle ne tarda point à saisir le bord, malgré la gêne que lui causaient les larges jupes et les immenses caleçons que portent les femmes frisonnes, et qui, trempés par l'eau, étaient devenus d'un poids tout à fait incommode.

Cependant Samuel, désespéré, nageait au hasard sur le lac. L'épaisseur du brouillard ne tarda point à dérober à ses yeux la lanterne de la barque, et il se trouva perdu dans cet immense désert d'eau, ne sachant quelle direction suivre, et appelant Jeanne d'une voix qu'étouffait le bruit de l'eau. Durant un quart d'heure ses forces s'épuisèrent dans cette lutte terrible contre les éléments. Ses bras, étreints et embarrassés par des vêtements pleins d'eau, commençaient à se raidir et sa raison l'abandonnait. Il allait succomber, quand il entendit un appel perçant. C'était le signal qu'avait l'habitude de jeter Joanna lorsque, séparée du docteur dans quelque excursion, elle voulait le ramener près d'elle. Cette voix chérie le ranima; il nagea vers la partie du lac où il avait entendu l'appel. Grâce à Dieu, quelques minutes après, il put rejoindre à son tour la barque et la saisir de ses mains défaillantes. Le batelier et Joanna se penchèrent vers lui, l'entourèrent de leurs bras et le hissèrent dans le canot. Il était temps, car il venait de perdre connaissance.

Joanna se hâta de donner des soins à son ami; mais ce n'était point chose facile que de rappeler un homme à la vie sur une barque que les flots secouaient rudement et au milieu d'une obscurité profonde. Joanna sentait elle-même le froid de ses vêtements, trempés d'eau, la glacer jusqu'au cœur et la rendre presque défaillante. Enfin, pour comble de détresse, le rameur avoua que le désordre causé par l'accident survenu tout à l'heure l'avait complétement désorienté, et qu'il ne savait plus de quel côté se diriger.

— Le parti le plus prudent, ajouta-t-il par forme de conclusion, serait de nous maintenir à la place où nous nous trouvons jusqu'à ce que le jour nous permette de reconnaître en quelle partie du lac le hasard nous a amenés. Vouloir continuer notre route au hasard, c'est nous exposer à une perte certaine. Les bancs de sable, qui abondent à fleur d'eau dans le Treuke, ne manqueront pas de nous faire échouer, si nous nous trouvons au milieu du lac. Dans le cas où les flots nous auraient amenés près du rivage, il faut nous attendre à voir se briser notre barque contre les larges pierres des digues.

A ces terribles paroles, Joanna se sentit abandonnée par son courage ; elle comprenait toute la rigoureuse exactitude des avis du matelot, et cependant, attendre le retour de la lumière, c'était décider la mort de l'agonisant qu'elle tenait dans ses bras.

— Mon Dieu ! s'écria-t-elle, mon Dieu, m'abandonnerez-vous ? ne prendrez-vous point pitié de Samuel ?

Elle parlait encore, quand un choc presque aussi violent que le premier vint encore heurter la barque et fit tomber, sur le corps inanimé de Samuel, la jeune fille agenouillée près de lui.

— Nous sommes sauvés ! s'écria le vieillard. C'est un bateau !

Et joignant les mains autour de ses lèvres pour en former un porte-voix, il héla le bateau et le requit de lui porter secours.

— Il s'agit de la vie d'un homme ! cria-t-il de toutes ses forces.

On vit alors plusieurs lumières se montrer à l'avant du bateau, et une voix répondit :

— Qui êtes-vous, et que demandez-vous ?

— Un homme se meurt là dans mon bateau. C'est le docteur Samuel Cordier; mademoiselle Joanna se trouve avec lui.

A peine le premier de ces noms avait-il été prononcé, que le bateau s'était arrêté aussitôt; non-seulement des cordes furent jetées vers la chaloupe, mais encore on amarra des lanternes au bout de deux anspecs pour faciliter l'embarquement. Un voyageur, qui semblait âgé de cinquante ans environ, rejeta le large manteau qui l'enveloppait pour aider à recueillir sur le pont et à descendre dans la cabine le docteur, toujours sans mouvement..

A la vue de Jeanne, cet inconnu ne put réprimer un mouvement de surprise et d'admiration.

La beauté de la jeune fille, la singularité de son costume, et surtout le désordre que ce costume devait au naufrage, justifiaient du reste cette surprise et cette admiration. Ses vêtements, tout ruisselants d'eau, retombaient autour d'elle en plis longs, pesants et accentués avec vigueur comme ceux d'une naïve statue du XIVe siècle. Sa chevelure, éparse sur ses épaules, n'avait gardé de sa coiffure que la couronne d'or du *kap-oor*. Enfin ses petits pieds, d'une perfection idéale, se détachaient, blancs et nus, sur les planches brunes et goudronnées du bateau. La pensée d'une ondine sortant de sa demeure azurée venait naturellement à l'imagination : le capitaine du bateau, vieux marin catholique, ne put s'empêcher de faire le signe de la croix, non sans se demander s'il n'avait point affaire à une de ces fées perfides qui empruntent, durant la nuit, une voix et des traits humains, et qui se servent d'une ressemblance menteuse pour perdre les bateliers, se faire recueillir par eux sur leurs barques, et les entraîner ensuite dans les eaux. Il rejeta bientôt ces idées en reconnaissant dans le cadavre sur lequel pleurait Joanna le médecin auquel il devait la santé et peut-être la vie de ses enfants.

L'étranger, après avoir cédé à un premier mouvement de surprise, s'empressa de seconder Joanna dans les soins qu'elle donnait au malade. Il débarrassa Samuel de ses vêtements trempés, l'enveloppa de son propre manteau et lui fit respirer des sels. Bientôt, ranimé par la chaleur et par l'action de l'alcali, le docteur ouvrit les yeux et laissa échapper un nom de ses lèvres : c'était le nom de Joanna.

Elle lui répondit par des sanglots. Forte et courageuse tant qu'il avait fallu combattre le péril et le désespoir, elle succombait maintenant à la joie.

Samuel prit la main de la jeune fille et la porta à ses lèvres.

— Vous voilà rassurée tout à fait sur le sort de monsieur, interrompit l'inconnu à qui semblait pénible cette scène attendrissante : je vous engage, mademoiselle, à ne point compromettre plus longtemps votre santé : veuillez passer dans le pavillon du bateau : à défaut de vêtements plus convenables, vous y trouverez du moins un costume de paysanne Frisonne, que la curiosité m'a fait acheter à Lemmer, et qui vous soustraira à la dangereuse influence des étoffes mouillées qui vous couvrent. Si monsieur veut bien y consentir, il trouvera dans ma garde-robe du linge sec et tout ce qui lui sera nécessaire.

Joanna, à ces paroles, jeta sur elle-même un regard rapide, et ses joues pâles se couvrirent d'une légère rougeur à la vue du désordre dans lequel elle se trouvait en présence d'un étranger. Elle se hâta de descendre dans la cabine de la barge, où elle trouva, en effet, un costume de Frisonne, qu'elle sut ajuster à sa taille et qu'elle disposa avec la coquetterie involontaire que ne perdent point les femmes, même dans les circonstances les plus graves. Elle étancha l'eau qui trempait ses cheveux, et les attacha de nouveau sous sa couronne d'or; enfin elle jeta sur ses épaules un manteau façonné avec ce gros drap rouge qui sert à fabriquer les chemises des marins, et elle se hâta de revenir près de Samuel. Elle le trouva faible encore, mais son état néanmoins ne laissait plus aucune inquiétude.

Une heure après, le bateau abordait sur le rivage de Nicolaasga, précisément en face de la maison de madame de Lewardeen. Le jour commençait à paraître : un coup de vent enleva tout à coup, comme par magie, l'épais brouillard qui obscurcissait l'atmosphère. Alors l'étranger put apercevoir la jolie petite habitation bâtie en briques qui, toute panachée de vignes et de pampres, se détachait, en silhouette de pourpre brune, sur les splendeurs éclatantes de l'aurore.

Jeanne s'avança vers lui :

— Voici, monsieur, lui dit-elle, la maison de ma mère. Vous nous avez accordé, cette nuit, sur votre barge, une généreuse hospitalité; un proverbe frison enseigne que les nuits sont mauvaises pour celui qui a reçu un bienfait et qui manque de reconnaissance. Laissez-nous donc vous prouver la nôtre. Nous avons troublé votre sommeil toute la nuit; venez prendre un peu de repos sous le toit de ma mère. Elle sera heureuse, demain matin, de vous exprimer sa vive reconnaissance pour les services que vous nous avez rendus.

Et comme l'étranger hésitait et alléguait des excuses :

— Vous ne pouvez nous échapper, continua-t-elle avec la plus affectueuse insistance. Il est cinq heures du matin. Avant que vous ne trouviez des chevaux pour atteler la voiture de poste que je vois sur le pont du bateau, cinq ou six heures doivent inévitablement s'écouler. Les établissements de postes sont rares en Frise, monsieur : de Nicolaasga à Hereeveen la distance est longue et surtout laborieuse. Passez donc la durée de votre attente chez ma mère ; peut-être parviendra-t-elle à obtenir de vous un séjour moins court : vous semblez souffrant ou du moins fatigué ; nous tâcherons de vous donner des soins et du repos,

Il était aisé de lire sur les traits bruns et sillonnés de l'étranger le charme que lui faisaient éprouver la voix mélodieuse et la beauté de Joanna :

— Je ne saurais résister à la moindre de vos volontés, dit-il; me voici votre hôte; je vous appartiens ; faites de moi à votre gré.

Elle lui présenta son bras, sur lequel il s'appuya, et elle l'entraîna, avec une joie enfantine, dans une jolie petite chambre, où quelques minutes suffirent pour installer l'étranger de la manière la plus confortable.

— Maintenant, dit Joanna quand elle eut servi à son hôte un léger déjeuner, composé d'œufs, de fruits et de laitage, j'entends ma mère qui s'éveille. Je vais lui annoncer la bonne fortune qui lui est advenue durant son sommeil ; je vais lui apprendre l'arrivée d'un hôte.

Elle s'échappa légère comme un oiseau, et si rapidement qu'elle passa près de Samuel sans l'apercevoir. Samuel ne put réprimer un sourire, et rentra chez lui, le cœur gros d'inquiétudes vagues et de tristes pressentiments.

Joanna avait servi le déjeuner sur une table en laque ; le plateau qui le contenait se trouvait chargé de précieuses porcelaines, et l'étranger remarqua que la garniture de la cheminée se composait également de vases du Japon d'une dimension et d'une richesse à déconcerter les plus riches produits des fabriques royales de Sèvres.

Il sortit de cette chambre pour descendre au jardin. L'escalier était d'acajou massif ; les parois du corridor étaient recouvertes de marbre de Paros d'une irréprochable blancheur. Une lampe de cuivre du XVe siècle, avec ses fleurs savamment découpées, reflétait sur ces murs polis une lueur vacillante que pâlissait la clarté du jour, et semblait les diaprer de pourpre, d'or et de diamants. Pour arriver au jardin, il fallait descendre également un perron de marbre.

La jeune fille entra accompagnée de sa mère, qui s'empressa d'adresser à son hôte un compliment de bienvenue plein de franchise et de cordialité.

Puis se tournant vers sa fille :

— Où donc, demanda-t-elle est Samuel, ton fiancé ?

A ce mot de fiancé, l'inconnu regarda Joanna avec surprise et sourit.

CHAPITRE TROISIÈME.

LES SUITES D'UN SOURIRE.

Joanna connaissait à peine depuis quelques heures l'étranger qui était devenu son hôte, et qui bientôt allait la quitter, selon toutes probabilités, pour ne plus jamais la revoir. Son cœur n'éprouvait ni intérêt ni sympathie pour lui ; enfin, elle ignorait jusqu'à son nom... Et cependant un sourire de cet homme, — un sourire rapide comme la pensée, — avait suffi pour détruire le bonheur de Joanna. Ainsi, un coup de baguette d'une méchante fée, qui fait écrouler soudainement un magnifique palais, ne laisse à sa place que ruines et que désert. Le dédain ironique

que l'inconnu avait laissé échapper pour les plus chères croyances de Joanna les avait changées en doute et en mépris. Sa vie calme et riante, ses études pleines de poésie, lui semblaient maintenant tristes, mesquines et indignes d'intérêt. Elle se sentait prise d'ennui et d'isolement; l'avenir s'éteignait pour elle, et le présent lui devenait insupportable.

En ce moment, Samuel arriva. Pour la première fois de sa vie, elle n'éprouva point de plaisir à le revoir ; elle craignait qu'il n'excitât les sarcasmes muets de l'étranger, et il lui paraissait qu'il allait les justifier. Elle oubliait les vertus naïves et grandes de son fiancé, le dévoûment sans bornes qu'il lui avait témoigné, sa science, son esprit éclairé, son cœur généreux et tendre, pour souffrir de la simplicité de ses manières et du laisser-aller de son costume.

L'embarras de Joanna devint si grand, et elle songeait si peu à le réprimer que Samuel finit par le remarquer. Frappé au cœur, il sentit, comme la jeune fille l'avait éprouvé naguère, son bonheur s'évanouir, et tout se désenchanter autour de lui.

Sans cacher son trouble et sa douleur, il s'interrompit aussitôt. L'étranger, avec une grande rapidité de coup d'œil, comprit ce qui se passait autour de lui. Les lèvres entr'ouvertes par ce sourire qui avait déjà fait tant de mal à Joanna, il répondit perfidement à Samuel, parut entrer dans ses idées, et mit à le complimenter avec une ironie tellement fine et insaisissable, que Joanna seule put s'en apercevoir. Peut-être même cette ironie n'existait-elle que dans l'imagination de l'orgueilleuse et défiante jeune fille. Quoi qu'il en soit, elle ne respira à l'aise qu'après avoir vu Samuel s'éloigner; un domestique était venu l'appeler pour un malade qui réclamait ses soins.

Madame de Lewardeen retourna au logis pour donner quelques ordres. Joanna resta donc seule avec l'étranger.

— Notre manière de vivre vous paraît bien insignifiante, n'est-ce pas, monsieur? dit-elle, et vous souriez de pitié en songeant qu'on peut mener une existence aussi monotone?

— A Dieu ne plaise que j'aie de telles pensées ! dit-il. Habitué à la vie de luttes, de succès et d'émotions qu'on trouve à Paris, je me demande seulement comment une jeune fille que sa beauté et la supériorité de son esprit rendent si digne de ces succès et de ces luttes, peut consentir à rester perdue dans l'obscurité d'un village frison. Tout à l'heure, mademoiselle, j'ai ouvert un album laissé sur la table de ma chambre, et j'y ai lu des vers écrits par une main de femme, qui ne peut être que la vôtre. Ces vers, savez-vous qu'ils suffiraient, à Paris, pour valoir un nom et de la gloire à celle qui les aurait faits ? Ici, je le crains bien, personne n'en soupçonne l'immense valeur. Au lieu d'encourager ce talent merveilleux, au lieu de vous y faire consacrer exclusivement, c'est de papillons, d'insectes, de plantes qu'on vous parle, qu'on vous occupe, qu'on vous engourdit l'imagination! Vos plus grandes joies consistent à courir la campagne et à dépenser votre ardeur en stériles fatigues ; à Paris, cette ardeur ne saurait suffire à toutes les émotions qui l'assailliraient. La nuit, l'étude et le travail, dans la journée et le soir le triomphe et la gloire. Aux théâtres, dans les

.lons, partout une admiration unanime
ous saluerait la plus belle et la plus cé-
bre. On se disputerait un mot et un re-
ard de vous. Pour gagner un sourire de
bouche qui sait dire de si beaux vers,
our obtenir une pensée de ce front res-
lendissant de génie, on donnerait sa for-
une et son existence. Tout ce que l'Europe
ossède d'illustre s'agenouillerait à vos
ieds ; votre nom, comme un écho immor-
l et sans bornes, irait de monde en
onde ; vous ne seriez plus une femme,
ais un Dieu !

Joanna recueillait dans son cœur, avec
ne imprudente avidité, les enivrantes pa-
oles de l'étranger.

— De tels rêves ne sauraient se réali-
er pour moi, dit-elle ; c'est à d'autres
lus heureuses et plus dignes, qu'un si
rand bonheur est réservé.

— Ecoutez-moi bien, reprit-il : soyez
onvaincue que je regarderai comme une
icheté de vous donner un espoir menteur.
Ecoutez-moi bien ! Je vous jure que le
lus illustre de nos poètes, loin de désa-
ouer les vers que j'ai lus dans votre
lbum, s'estimerait heureux et fier de les

avoir produits. Je vous le répète, la gloire d'un nom illustre vous attend; si vous ne ceignez pas cette couronne immortelle, c'est que vous lui préférerez votre diadème de Frisonne. Mes paroles sont-elles bien les premières qui éveillent en vous cette conviction? Une voix mystérieuse ne les a-t-elle pas souvent murmurées tout bas à votre imagination? Oui, mademoiselle, parfois votre cœur de poète a violemment battu au mot de gloire qui résonnait dans votre âme! Oui, souvent vous avez soupiré, en songeant que vos vers ne seraient jamais écoutés par des oreilles dignes de les entendre!... Et ce talent, que la solitude engourdit et comprime, quel essor il prendrait s'il lui était donné de déployer ses ailes et de les réchauffer aux rayons puissants du succès! Le succès, comme la baguette de Moïse, fait jaillir l'eau du rocher qui semblait stérile; jugez de ce que deviendrait la source puissante et féconde!

— Taisez-vous, taisez-vous murmura Joanna, taisez-vous, tentateur!

— Non, je ne me tairai pas; non, je veux doter mon pays d'un poète de plus:

c'est un devoir pour moi. Naguère encore j'étais un des ministres qui gouvernaient la France, et peut-être ne tardera-t-on pas à me rappeler au pouvoir. Eh bien ! si d'ici là vous n'avez point écouté mes conseils et ceux de votre cœur, le ministre vous arrachera malgré vous à votre obscurité ; du haut de la tribune, il dira : « La France possède un grand poète qui se refuse à la gloire ; il faut que cette gloire aille le chercher jusqu'au fond de la Hollande où il s'obstine à se cacher. Ce poète, c'est Joanna de Lewardeen ! Et vous viendrez à Paris, et l'on répétera votre nom avec admiration, et ce sera un heureux jour pour Maurice Frémicourt !

— Maurice Frémicourt ! Maurice Frémicourt ! répéta Joanna ; quoi ! vous êtes, monsieur, le ministre célèbre dont le nom éclatant est arrivé jusque dans notre retraite, où ne parviennent pas toujours même les plus importants événements de l'Europe ?

— Oui, dit-il, oui, et ce renom de ministre, je l'échangerais sans hésiter pour la gloire d'un poète ; car le poète n'achète point sa célébrité au prix des plus cruelles déceptions. Hélas ! le pouvoir m'a vieilli avant le temps. Il a détruit mon bonheur domestique, il a brisé mon cœur ! L'art ne vend pas si cher ses faveurs ; il permet le bonheur et la gloire.

Il s'interrompit, et un silence de quelques instants se fit entre Joanna et lui. Joanna contemplait avec une respectueuse admiration l'homme illustre dont elle avait entendu répéter tant de fois le nom par Samuel. M. Frémicourt semblait plongé dans une rêverie profonde.

En ce moment, Samuel et madame de Lewardeen sortirent de la maison et se dirigèrent vers leur hôte.

— Adieu, adieu, murmura Joanna ; j'ai besoin de quelques instants de solitude ; vos paroles, — ces paroles, dites par la plus haute intelligence de notre siècle ! — m'étouffent et m'ôtent presque ma raison, La gloire m'est promise par Maurice Frémicourt ! Oh ! ma tête se brise à cette pensée !

Elle s'échappa à travers le bois et disparut, tandis que la comtesse et Samuel accouraient avec empressement vers M. Frémicourt, dont ils venaient d'apprendre le nom par les domestiques du ministre.

Samuel, en se trouvant face à face avec l'homme dont il avait admiré tant de fois l'intelligence et l'énergie, oublia la douleur dont l'avait poigné tout à l'heure le regard de Joanna : tout céda à son enthousiasme pour le grand politique. Il lui exprima sa sympathie franchement et avec une émotion profonde. Rien n'interrompit leur entretien durant les deux heures qui s'écoulèrent jusqu'au moment où une cloche donna le signal du dîner. Alors tous les deux rentrèrent au logis.

Madame de Lewardeen et Joanna les attendaient dans la salle à manger. M. Frémicourt et Samuel jetèrent à la fois un cri ; le premier, de surprise et d'admiration ; le second de désespoir.

Joanna avait quitté son costume de Frisonne pour prendre une parure française. Une robe de mousseline blanche dessinait sa taille souple ; ses beaux cheveux blonds débarrassés de la couronne du *kap-oor*, retombaient en boucles blondes et légères sur ses épaules demi-nues. Il y avait dans sa toilette une audace et une poésie que la jeune fille n'eût point osées avec plus d'expérience ; elle avait pris pour modèle l'excentricité ravissante donnée par les graveurs anglais à leurs adorables figures, et non la mignardise des modes parisiennes.

— Vous voici tout-à-fait Française, dit le ministre en portant à ses lèvres la main blanche et délicate de la jeune fille.

— Vous n'êtes plus Joanna, murmura Samuel, les yeux pleins de larmes.

Quant à la comtesse de Lewardeen, elle partageait l'enthousiasme de M. Frémicourt, et ne pouvait se lasser de contempler sa fille dans son nouvel accoutrement.

Il était impossible, en réalité, de paraître plus belle que Joanna, couronnée de fleurs naturelles, et dans une parure qui faisait valoir la perfection de ses traits, et la grâce ineffable de sa personne. Fière du succès qu'elle avait obtenu près de M. Frémicourt et de sa mère, elle ne prenait point garde au chagrin que Samuel s'efforçait de ne point laisser paraître, et elle se livrait gaîment à la joie de son triomphe. Samuel cherchait en vain, et ne retrouvait plus en elle l'angélique sentiment de candeur qui, sous le costume frison, la lui faisait involontairement comparer à un ange. Un sentiment d'expression toute profane resplendissait en elle, et l'avait transformée en muse païenne. Il ne manquait qu'une lyre, appuyée sur son beau bras nu, pour compléter la ressemblance. Un sourire puissant se dessinait sur ses lèvres, qui jetaient hardiment des paroles d'une intelligence tout-à-fait supérieure. Une nouvelle Joanna se révélait en ce moment au docteur, qui ne l'avait jamais soupçonnée. Elle parlait avec sûreté de choses auxquelles il la croyait tout-à-fait étrangère ; elle ne reculait devant aucune question difficile et hardie. Oh ! que son fiancé l'aimait bien mieux, à la fois fière et timide avec les étrangers, sauvage et indépendante comme les chèvres qui escaladent, d'un pied sûr, les digues où vient se briser la mer ! Il maudissait les éloges enivrants que M. Frémicourt prodiguait à la jeune fille ; il accusait l'imprudente joie de la comtesse, qui ne voyait qu'un jeu dans cette soirée si décisive et si fatale. Joanna se livrait avec transport à la joie de son triomphe ; l'orgueil étincelait en caractères irrécusables sur son beau front. Il fallait la voir échanger des mots spirituels avec M. Frémicourt, riposter à une attaque par une saillie éblouissante, se montrer toujours digne de son illustre adversaire, et souvent le forcer à confesser sa défaite. Dans cette lutte avec une des plus hautes intelligences du monde, avec un homme qui naguère tenait encore dans ses mains la destinée de l'Europe, elle marchait d'égal à égal, et souvent même la victoire penchait de son côté. L'ancien ministre trouvait une extrême satisfaction à voir cette noble nature s'éveiller à sa voix ; jeter là, en les brisant, les entraves de simplicité et d'innocence dont on l'avait jusqu'alors entourée, et se lever de toute sa hauteur, grande, fière, ardente, indomptable.

Samuel, au désespoir, se répétait avec angoisse :

— Je n'ai plus de Joanna !

Vers la fin du repas, on vint prévenir le docteur qu'une pauvre mère réclamait des soins pour un enfant qu'un accident avait frappé d'une blessure grave. Son premier mouvement fut la joie de pouvoir s'arracher à une scène qui lui brisait le cœur. Mais par un revirement que l'on comprendra sans peine, cet homme charitable, que la vie d'un malheureux avait toujours trouvé si compatissant, résolut de ne point s'éloigner. Il lui semblait que laisser seule Joanna avec M. Frémicourt, c'était consentir sa perte et tout accomplir. Tandis que, honteux, il combattait entre les devoirs de l'humanité et le sentiment qui le retenait, on vint l'appeler une seconde fois. L'enfant se mourait!.... Il se leva et courut près de l'infortuné.

Lorsqu'il revint une heure après, Joanna et le comte se trouvaient dans un charmant cabinet d'étude que Samuel avait disposé lui-même pour sa fiancée. Dans ce joli petit boudoir, une tenture en papier de riz représentait une longue promenade de figures chinoises, imitant toutes les attitudes de la vie vulgaire. Des meubles en ivoire achevaient de donner à cette salle un aspect plein d'originalité. Debout devant sa mère et M. Frémicourt à demi couché sur un divan, Joanna, les yeux inspirés, disait des vers qu'elle avait écrits la veille. C'était une rêverie dans laquelle elle exprimait vaguement les désirs de gloire qui faisaient maintenant battre avec tant de vivacité son cœur, et qui naguère encore n'étaient pour elle que d'indécises inspirations vers des sentiments inconnus.

— Oh ! cette gloire, elle sera à vous ! s'écria M. Frémicourt, quand, le sein agité et le visage couvert d'une noble rougeur, elle cessa de parler. Oui, Joanna, oui, bientôt, je vous le redis encore, je vous l'affirme de nouveau, l'Europe entière répétera votre nom avec enthousiasme. Paris entier, avec ses mille voix éclatantes, vous appellera à lui pour ceindre votre beau front de mille couronnes. Il faudra bien que vous veniez et que vous cédiez à ses prières, à ses instances, à ses ordres, car vous lui appartiendrez comme tout ce qui est beau et grand, mon beau et grand poète ; car vous lui appartenez déjà. Paris est la seule patrie de toutes les supériorités artistiques. Ah ! vos vers ont rendu à mon cœur l'enthousiasme de la jeunesse, cet enthousiasme que les affaires publiques et mes tristes ennuis semblaient y avoir éteint. Merci, Joanna, merci, car cette journée est une des plus douces de ma vie. Que vous devez être heureuse et fière de votre fille, madame la comtesse.

La comtesse embrassait sa fille, dont M. Frémicourt serrait les mains ; le cœur de Joanna battait à rompre sa poitrine. Hélas ! pas une de ces personnes n'avait une pensée pour Samuel. A peine prenaient-elles garde à sa présence. Il semblait qu'un pouvoir mystérieux l'eût rendu étranger ; on eût dit qu'il ne parlait pas la même langue.

Il en fut ainsi durant la semaine que M. Frémicourt passa dans la maisonnette de Nicolaasga. Peut-être même y eût-il prolongé son séjour au-delà de ce terme, si des lettres de Paris, qu'il attendait avec impatience, ne l'eussent tout à coup impérieusement rappelé. On parlait, en outre, d'un changement de ministère en France, et cette importante combinaison, à laquelle il ne devait pas rester étranger, ne pouvait s'accomplir sans lui.

Avant de partir, il prit la main de Joanna :

— Peut-être, lui dit-il, sous peu de semaines serai-je revenu aux tristes honneurs du pouvoir. Cette fois, je m'en consolerai, mademoiselle, et je m'y résignerai avec moins de douleur, car ils me donneront les moyens de vous prouver mon affection pour votre famille et mon admiration pour votre talent. N'est-ce pas que si je vous le demande au nom de la France, au nom de votre patrie et de la mienne, vous quitterez la Hollande, et que vous viendrez occuper à Paris le rang qui vous y est dû?

— Je prierai tant ma mère, qu'elle cédera à mes prières, répondit Joanna vivement émue, et sans même songer qu'elle avait à obtenir un autre assentiment, celui de son fiancé, de Samuel.

M. Frémicourt lut dans les yeux du docteur l'impression amère que lui causait un pareil oubli.

— Monsieur le docteur Cordier voudra bien vous accompagner, ajouta-t-il en présentant sa main à Samuel. Lui aussi n'est pas à sa place dans cet humble vi-l lage de la Frise; ses hautes connaissances, et la supériorité de son intelligence l'appellent comme vous à Paris, je l'y attends.

— Monsieur, répliqua Samuel, je suis profondément touché de vos offres, mais vous me permettrez de ne point les accepter. J'ai quitté Paris et la France, à la voix d'un ami mourant, pour venir tenir lieu de père et de protecteur à sa fille; je ne suivrai point cette jeune fille à Paris, car ma protection lui deviendrait inutile... Et peut-être n'en voudrait-elle plus, d'ailleurs. Je pouvais, par mon dévoûment et par ma tendresse, rendre heureuse la jeune fille frisonne; je ne pourrais rien pour le poète illustre, pour la femme reine des arts et entourée de gloire, comme vous ledisiez tout à l'heure. Non, monsieur, je ne quitterai pas la Frise; j'y vivrai, j'y mourrai; je continuerai à y mener une existence obscure, mais utile peut-être. Je suivrai de mes vœux celle à laquelle je croyais ma destinée à jamais unie, et dont me voici, je le sens, à toujours séparé. Je ne m'en plains pas, je n'en murmure pas. Le ciel connaît que jamais je n'ai eu d'autre pensée que le bonheur de Joanna! Si la gloire et ses agitations peuvent la rendre heureuse, Dieu soit béni, je ne lui demande pas autre chose; j'ai, moi, une longue habitude de la douleur et de la résignation.

— Vous changerez de sentiment, je l'espère, di M. de Frémicourt. Adieu; à bientôt, tous les trois.

Il monta en voiture et partit, impatient de gagner le port de Lemmer, où il devait s'embarquer pour Amsterdam, et de là gagner la France.

Au moment où les chevaux s'élançaient, il se pencha hors de la voiture, et s'écria :

— A Paris!

— A Paris! répétèrent madame de Lewardeen et Joanna.

CHAPITRE QUATRIÈME

TRISTESSE.

Les paroles de Samuel, et le refus qu'il faisait d'accompagner Joanna à Paris, jetèrent celle-ci dans un trouble extrême; jusque-là, la pensée ne lui était point venue que le docteur pût désapprouver un projet qui promettait tant de bonheur à sa Joanna, ou plutôt elle n'avait point pensé au docteur depuis huit jours. Lui, qui depuis trois années occupait dans la vie de la jeune fille une place si grande; lui; qui avait été jusque-là l'arbitre de sa destinée; lui, qui remplissait à la fois, pour elle, les devoirs saints et protecteurs de père, de frère et d'époux, s'était éclipsé toutà--coup devant ses yeux, comme la lumière d'un astre devant le soleil. M. Frémicourt réunissait en effet tant de qualités brillantes et en apparence supérieures, que les vertus modestes et sévères de Samuel devaient se couvrir d'ombre en présence de ce météore resplendissant. Un doute ne pouvait point approcher du cœur de Joanna, quand l'homme le plus éminent et le plus illustre de l'Europe révélait son talent au jeune poète, et lui promettait la fortune et la gloire. Mais après qu'il fut parti, en la laissant dans l'isolement profond qui succède à toute émotion vive et longue, quand elle resta seule en face du découragement et de la tristesse de Samuel, elle arriva peu à peu à se demander avec angoisse lequel des deux voyait la vérité, de l'illustre étranger qui lui avait jeté en passant des promesses enivrantes, ou de l'ami dont elle était habituée à regarder les conseils comme l'expression d'une sagesse haute et infaillible. Restée seule, elle recourut à l'appui qu'elle avait quelques instants abandonné, et chercha Samuel.

Samuel venait de sortir pour aller visiter ses malades ; ce fut avec une vraie impatience, avec une véritable anxiété qu'elle attendit le docteur. Il tardait à cette imagination ardente d'en finir avec le doute, et de rompre avec ses projets de gloire, ou de continuer à s'y livrer de toutes les forces de son âme.

Il faisait complétement nuit quand Samuel revint. Joanna, debout sur le seuil de la villa, distingua, au loin, les pas de son fiancé, courut au-devant de lui, passa son bras sous son bras, et au lieu de se diriger vers le corps de logis, entraîna son compagnon dans le petit bois qui couvrait une partie du parc.

— Voici bien longtemps que nous ne nous sommes trouvés seuls, mon ami, dit-elle avec affection.

En entendant cette voix bien-aimée, qui avait retrouvé pour lui des inflexions tendres et douces, Samuel pensa défaillir ; il prit dans ses mains tremblantes les mains de la jeune fille, et les porta à ses lèvres. Joanna sentit une larme tomber sur ses doigts.

— Je vous ai donc causé du chagrin ? demanda-t-elle d'un ton pénétré.

— Le plus cruel chagrin que j'aie jamais éprouvé de ma vie. Oui, Joanna, j'ai jadis vu se briser tout à coup l'espoir d'un bonheur sur lequel reposait ma vie entière ; plus tard j'ai reçu le dernier soupir de ma mère, de ma mère, seul être qui restât au monde pour m'aimer... Hélas ! j'ai moins souffert de ces cruelles épreuves, que durant les huit jours qui viennent de s'écouler ! Le ciel m'est témoin pourtant qu'une pensée personnelle ne m'a point préoccupé un seul instant ; le désespoir qui me poignait, c'était pour vous, pour vous seule, Joanna ! Je voyais détruire impitoyablement, peu à peu, votre bonheur; je voyais substituer sans merci au sort doux et à l'abri que je vous préparais depuis si longtemps, avec une tendresse de père, les agitations fiévreuses d'une gloire, menteuse jusque dans sa réalité ! Joanna , cette coupe perfide dont on veut approcher vos lèvres, j'y ai goûté, moi , et je sais qu'elle ne contient qu'amertume et que poison. Vous vous en détournerez avec dégoût, vous maudirez avec désespoir les fatals conseils qui vous ont entraînée vers elle ! Joanna, ma chère

Joanna, au nom de votre père qui nous entend dans le ciel, s'il en est temps encore, oubliez tout ce que cet homme vous a dit de paroles funestes depuis huit jours. Quand elles reviendront à votre souvenir, repoussez-les comme si l'esprit du mal lui-même vous les inspirait. Oh ! je donnerais tout mon sang pour les effacer de votre mémoire, car elles tuent votre bonheur.

— Eh bien ! je ne veux plus m'en souvenir, dit Joanna, je vous ferai le sacrifice de toute cette gloire qui m'apparaissait avec tant de séductions ! Je ne ferai, comme par le passé, des vers que pour vous et pour ma mère.

— Dieu vous entende, et je n'aurai plus de vœux à former ici-bas !

— Quoi ! demanda Joanna avec un adorable sourire, quoi ! pas même notre mariage ? ingrat !

En l'entendant parler ainsi, il se fût volontiers agenouillé devant elle.

— Merci, mon Dieu, dit-il, merci, vous m'avez rendu ma Joanna !

Le reste de la soirée se passa gaîment, et de manière à rendre au cœur de Samuel toute sa sérénité. Joanna, sans en prévenir son fiancé, alla reprendre son costume frison, et arriva, au moment du souper, le front ceint du kap-oor, et du long voile de dentelles qui seyaient si bien à sa physionomie. Ils se livrèrent à mille doux projets pour l'avenir, et arrêtèrent qu'ils entreprendraient le lendemain matin une longue excursion dans le pays. Il tardait à Joanna, disait-elle, de revoir les pauvres, ses amis, un peu négligés depuis quelque temps. Toute allusion à M. Frémicourt et au dessein qu'il avait fait naître fut soigneusement évitée; il semblait que chacun eût oublié la visite, les conseils, et même jusqu'au souvenir du ministre.

Samuel s'endormit ce soir-là en bénissant Dieu, et le cœur plein de sécurité.

Hélas! il se trompait. Joanna n'avait point oublié les paroles tentatrices de M. Frémicourt; les promesses de l'ex-ministre tinrent, durant toute la nuit, le sommeil éloigné de la jeune fille. Malgré ses efforts pour écarter de son imagination les pensées auxquelles elle ne voulait plus désormais se livrer, le mot de gloire bourdonnait autour de son front comme un vertige. Aussi, le matin, quand Samuel, après l'avoir, suivant son habitude, appelée sous sa fenêtre, la vit descendre pâle et rêveuse, il sentit rentrer dans son cœur tout le désespoir que les bonnes paroles de Joanna en avaient banni la veille. Ils montèrent à cheval, et partirent pour leur excursion. La jeune fille ne tarda pas à tomber dans une préoccupation profonde; les rênes s'échappaient de ses mains inattentives, sa tête se penchait avec abattement sur sa poitrine, et ses oreilles n'entendaient point les paroles que lui adressait le docteur. Ou bien elle s'éveillait en sursaut; alors elle tressaillait, et s'efforçait de cacher sa préoccupation par un sourire plein d'affectation. Pour mieux déguiser les pensées qui l'absorbaient, elle feignait une gaîté bien loin de son cœur; se livrait à quelque course capricieuse, gravissait audacieusement un ravin escarpé, et semblait trouver, à braver un péril inutile, une sensation en rapport avec l'ardente idée fixe qui la dévorait.

Samuel lisait dans le cœur de la jeune

fille, et comprenait l'inutilité de chercher désormais à la ramener vers d'autres pensées. Essayer d'éteindre un pareil feu, c'était l'attiser et en accroître la flamme dévastatrice. Il tomba donc lui-même dans un morne silence, et ce fut ainsi qu'ils passèrent toute la journée. Quand ils revinrent le soir au logis, tous les deux cherchèrent avec empressement à s'isoler l'un de l'autre. Se voir faisait mutuellement souffrir chacun d'eux : la présence de Samuel était un reproche pour Joanna, Joanna était un désespoir pour Samuel.

Le lendemain, sans s'éviter en apparence, ils ne se trouvèrent guère davantage ensemble. Mille prétextes, qui semblaient tout simples et tout naturels, mais qu'ils saisissaient avec empressement, leur en fournissaient les motifs. La pluie menaçait de tomber bientôt, et empêchait Joanna d'accompagner son fiancé dans ses visites près de ses malades des environs; ou bien des travaux domestiques la retenaient au logis; une autre fois, c'était une indisposition légère, ou toute autre chose de ce genre. Peu à peu, les promenades et les excursions des deux fiancés cessèrent donc complétement; l'hiver s'écoula sans qu'une seule fois Joanna accompagnât le docteur.

Elle passait toute sa journée, enfermée dans son cabinet d'études, et ne montrait guère d'émotion et d'intérêt que pour l'arrivée des paquets et des journaux qu'un domestique allait prendre chaque jour à Lemmer, et qui arrivaient de France. Ces paquets contenaient des livres et des journaux. Les journaux excitaient à un haut point l'attention de Joanna. Elle suivait avec anxiété les détails politiques qu'ils contenaient : une vive rougeur couvrait soudainement son visage, un coup aigu semblait la frapper au cœur chaque fois que le nom de M. Frémicourt se présentait à ses yeux. Cependant ce nom n'avait point été une seule fois prononcé, depuis un an, en présence de Samuel, mais souvent Joanna et la comtesse de Lewardeen se le disaient entre elles.

Car la mère de Joanna, habituée à ne voir, à ne juger et à ne sentir qu'à travers sa tendresse et son orgueil maternels, avait adopté, avec peut-être plus d'enthousiasme que sa fille, les rêves de gloire auxquels se livrait celle-ci. La comtesse n'avait point contribué médiocrement à entretenir les illusions et les projets de la jeune adepte de l'art; aussi quiconque eût vu Joanna, sa mère, et Samuel dans leur intérieur, n'eût point soupçonné qu'un bonheur digne du ciel comblait naguère ces trois personnes de ses joies immenses et pures. Une froide contrainte régnait entre elles, et les torturait à chaque instant de leur vie ; il fallait les dissimuler sous les apparences affectueuses de leur tendresse d'autrefois. Le mariage des fiancés ne s'était pas accompli, quoique l'époque fixée pour sa consécration se fût écoulée depuis longtemps. Il semblait qu'une convention tacite eût déclaré impossible cette union, naguère objet de leurs plus ardents désirs à tous les trois. Une si triste année avait suffi pour faire disparaître chez Joanna les caractères de l'adolescence presque enfantine qui lui donnaient naguère tant de naïveté et de charmes. Sa beauté était devenue d'une nature plus sévère et plus grave ; à la fraîcheur blanche et rose de son teint avaient succédé ces tons dorés, qui rappellent l'éclat du bronze dans ses reflets les plus clairs, et qui n'appartiennent, chez les femmes, qu'aux natures puissantes et d'élite. Elle avait tout-à-fait renoncé au costume national, et taillait elle-même ses robes d'après les gravures de mode que lui apportaient les journaux de Paris. Madame de Lewardeen l'avait imitée dans cette innovation.

Quant à Samuel, il semblait vieilli de dix années; ses cheveux commençaient à blanchir, et le chagrin avait fait reparaître sur son front tous les ravages que le bonheur et l'espoir en avaient naguère effacés. Il remplissait ses devoirs de médecin avec l'ardeur fiévreuse d'un cœur qui souffre, et qui cherche dans le travail et dans les bienfaits qu'il prodigue, les moyens de s'étourdir et de s'oublier lui-même. Quoique personne ne soupçonnât dans le pays les causes qui avaient détruit le bonheur de ces trois personnes, chacun n'en accusait pas moins vaguement d'ingratitude Joanna et sa mère.

CHAPITRE CINQUIÈME.

DÉPART.

Cependant la comtesse de Lewardeen avait fait successivement plusieurs voyages à Amsterdam, et semblait s'occuper en secret d'affaires importantes, elle qui, depuis l'arrivée de Samuel, s'en était rapportée à lui seul du soin de ses affaires les plus graves. Elle s'entretenait souvent à voix basse avec sa fille, et il était évident que des projets mystérieux les agitaient l'une et l'autre. Un soir que Samuel se trouvait seul avec la comtesse et Joanna, l'embarras des deux femmes à son égard s'était tellement accru, et se trahissait par tant de témoignages presque outrageants, que Samuel ne put s'empêcher d'en laisser voir sa douleur.

Joanna cacha son visage dans ses deux mains, et madame de Lewardeen, maîtrisant son émotion du moins mal qu'elle put, bégaya d'une voix entrecoupée :

— Nous allons bientôt partir pour Paris.

Samuel tressaillit comme s'il eût été frappé mortellement et qu'il n'eût point prévu ce coup terrible. Il pâlit, il chancela et faillit s'évanouir. Quelques instants lui suffirent pour se remettre un peu.

— Nous attendons une lettre de M. Frémicourt pour nous mettre en route, ajouta-t-elle.

— Il vous a donc écrit? balbutia Samuel sans même s'apercevoir que ses lèvres prononçaient des paroles.

— Non, pas encore; mais depuis un mois les journaux nous ont appris qu'il était rentré au ministère. Il ne peut tarder, vous le voyez, à appeler Joanna près de lui.

Samuel sourit avec amertume.

— Il tarde bien! murmura-t-il.

— Il attend, reprit vivement la comtesse presque offensée, que sa position au ministère ait pris assez de fermeté pour lui permettre de protéger efficacement ma fille. C'est une nouvelle preuve d'intérêt et d'affection dont nous lui savons gré.

— Oh ! ne nous séparons pas avec des paroles d'amertume ! s'écria Samuel. N'est-ce pas assez que vous emportiez mon bonheur et mon âme avec vous, sans que j'aie encore le désespoir de ne garder, de votre affection d'autrefois, qu'une pensée amère et douloureuse ? Absentes ou présentes, ma vie vous appartient comme toutes mes pensées, comme toute ma tendresse.

— Pourquoi ne nous accompagnez-nous donc pas à Paris ? pourquoi subir une séparation qui vous rend si malheureux, dites-vous, et que vous pouvez pourtant éviter ?

Il rougit et il pâlit :

— Vous le voulez, eh bien ! je vous le dirai, répliqua-t-il. Je reste, parce que je n'ai d'autre fortune au monde que les humbles honoraires que me vaut ici ma profession de médecin.

— Mais nous emportons à Paris dix mille francs qu'on m'a prêtés sur l'hypothèque de ma maison, dit-elle. Ce que possède votre fiancée vous appartient. Vous partagerez avec nous jusqu'au jour où vous aurez retrouvé à Paris la clientèle que vous y avez laissée.

— Non, dit-il, non. La fortune ne se conquiert pas à Paris si vite que vous le pensez! Diminuer vos ressources serait un crime.

— Doutez-vous des succès de Joanna? Son talent, qui a si vivement excité l'enthousiasme de M. Frémicourt, a-t-il si peu de réalité et de prix à vos yeux?

Il essuya en silence une larme, et répondit avec fermeté :

— Je ne vous accompagnerai pas. Dieu lit dans mon cœur les motifs qui me font persévérer dans cette résolution; qu'il me juge!

Puis il alla près de Joanna, lui prit la main, et, d'une voix entrecoupée :

— Adieu, bégaya-t-il, adieu!

— Mais nous ne partons pas encore, dit-elle avec émotion.

— Vous partez pour moi, dit-il. Rester

plus longtemps près de vous, avec la pensée de vous perdre, voir votre mère juger si cruellement de mon cœur, me tuerait ; et j'ai besoin de vivre! ajouta-t-il. Une voix secrète me dit que vous aurez encore un jour besoin de mon appui et de mes consolations. Puissent ces pressentiments me tromper! puissé-je vous être désormais inutile ! car c'est que vous serez heureuse, Joanna!

Il prit dans les mains de la jeune fille le mouchoir qu'elle mouillait de ses larmes, et disparut.

Quelques instants après, Joanna entendit sous la fenêtre le bruit des pas d'un cheval ; c'était Samuel qui s'éloignait.

Durant un mois entier, Samuel ne reparut pas dans le pays ; un médecin du voisinage vint soigner, pendant toute la durée de l'absence du docteur, les malades de ce dernier. Son confrère était venu l'en prier ; il avait, disait-il, un assez long voyage à entreprendre.

Le surlendemain du départ de Joanna et de la comtesse, qui ne tardèrent pas à quitter Nicolaasga, le voyage de Samuel fut terminé. Il revint de Leyde, où il avait passé tout le temps de son absence à chercher, dans l'étude, un remède à sa douleur.

Pourquoi un mois s'était-il écoulé avant le départ de Joanna et de la comtesse pour la France, lorsque tout était prêt depuis longtemps pour ce départ?

C'est qu'il n'arrivait point à Nicolaasga de lettre de M. Frémicourt.

Chaque jour s'écoulait pour les deux femmes dans une longue et inquiète attente de cette lettre. Elles s'épuisaient à deviner les motifs qui pouvaient la retarder. Les journaux proclamaient la puissance de la combinaison ministérielle qui plaçait M. Frémicourt à la tête du conseil, et tout annonçait pour lui un pouvoir facile et durable. De jour en jour, de semaine en semaine, un mois s'écoula de la sorte. Elles n'attendaient pour partir qu'un signe, et ce signe ne se faisait pas. Après un siècle d'angoisse et de doute, madame de Lewardeen s'arrêta à la pensée qu'une lettre avait été écrite par M. Frémicourt, et que la distance qui séparait, de Paris, la Hollande et surtout la Frise, causait des difficultés de poste et de correspondance qui avaient pu faire égarer la lettre du ministre.

— Il nous attend comme nous attendons sa lettre, dit-elle. D'ailleurs, nous sommes certaines de l'accueil qu'il nous réserve, et sans doute il a pensé que la nouvelle de son arrivée au pouvoir devait nous suffire et nous amener près de lui. C'est une délicatesse dans laquelle l'a confirmé encore le désir de ne point blesser l'opinion que Samuel lui avait exprimée au moment du départ. Il veut nous laisser, aux yeux du docteur, toute la responsabilité de notre voyage.

Elle finit par ranger à cet avis Joanna, à laquelle il tardait de se trouver en face de la gloire qui lui était promise. L'incertitude et l'attente la tuaient d'ailleurs. Elles partirent donc, en laissant pour Samuel une lettre pleine de tendres adieux.

« Je vais chercher la gloire qui m'est promise, disait Joanna en terminant cette lettre, et je viendrai la rapporter à mon fiancé. »

Samuel avait attendu, pour quitter Leyde et revenir à Nicolaasga, qu'un ami lui eût annoncé le départ de la comtesse et de sa fille. Dès que cette nouvelle lui fut parvenue, il se mit en route et arriva.

Il s'assit tristement dans le parloir où tant de fois il avait passé de si douces heures près de celle qui l'écoutait, émue et charmée, quand il parlait de leur prochaine union.

Maintenant, il le comprenait, ils se trouvaient séparés pour toujours.

CHAPITRE SIXIÈME.

A PARIS.

Au moment de quitter Nicolaasga et de partir pour Paris, but de tous ses rêves, de tous ses désirs, de toutes ses espérances, Joanna se prit de tristesse et presque de regret. Elle sentit s'ébranler sa confiance dans l'avenir ; les bonheurs qu'elle abandonnait lui apparurent dans toute leur inestimable valeur. La vie douce et calme de la villa, la tendresse de Samuel, l'ingratitude par laquelle sa mère et elle-même payaient ses dévoûments, brisèrent son cœur et en chassèrent la joie pour l'imprégner d'amertume et de remords. Mais le charme et le mouvement du voyage la ramenèrent, peu à peu et bientôt, vers ses premières idées. A peine eut-elle vu s'effacer derrière elle le port de Lemmer (1), que les souvenirs de la Frise s'éloignèrent d'elle comme l'horizon de la province qu'elle quittait : ils finirent par s'effacer pour faire place à une radieuse immensité d'espoir. Assise, près de sa mère, sur le pont du bateau à vapeur, elle s'élançait impétueusement vers l'existence nouvelle qui s'ouvrait devant ses vœux, et que tout semblait favoriser, le calme de la navigation, la pureté du ciel, la tiédeur de l'air, et jusqu'à la douce brise qui venait mollement caresser les cheveux de la belle jeune fille, désormais affranchis des liens d'or du *cap-oor*.

Aucun incident ne troubla le voyage des deux heureuses femmes ; car la comtesse de Lewardeen se livrait peut-être, avec une confiance plus illimitée que Joanna, à l'avenir nouveau qu'elles al-

(1) Lemmer est un petit port de la Frise. Cette ville fut autrefois une des plus florissantes de la contrée. Aujourd'hui, elle n'a guère plus d'importance que Tréport, ou quelque autre de nos bourgs maritimes.

laient chercher. Son orgueil maternel n'éprouvait pas même les légères incertitudes qui, semblables à des nuées blanches dans un ciel bleu, se présentaient dans l'imagination de la jeune fille; pour elle, tenter c'était réussir, aller c'était arriver. Elles ne mettaient en doute, ni l'une ni l'autre, leur expérience de la vie inconnue dans laquelle elles entraient; et cependant madame de Lewardeen n'était point, des deux, la moins étrangère à Paris, à ses habitudes, à ses usages et à ses mœurs. Elevée en province, longtemps en proie aux agitations du malheur, elle avait à peine entrevu cette capitale, et était venue en oublier, durant douze années, dans la solitude de Nicolaasga, le peu qu'elle en avait appris. C'était donc sans guide qu'elles pénétraient dans le dédale; sans armes offensives ni défensives qu'elles se présentaient au combat.

Lorsque la diligence dans laquelle se trouvaient Joanna et sa mère franchit les barrières de Paris, un beau et vif soleil de printemps jetait ses splendeurs sur la ville, et lui donnait un éclat qui rehaussait encore la majesté de ses monuments et la randeur imposante de son aspect. Eve, n ouvrant les yeux dans le paradis ter-estre, se livra à moins de joie et de trans-orts que la jeune Frisonne lorsqu'elle se entit dans la capitale du monde artistique t au milieu de ses merveilles. Tout exci-ait son admiration et son enivrement. lle prenait les mains de sa mère ; elle les ortait à ses lèvres ; elle la remerciait de avoir amenée dans ce monde d'art et de loire ; pas une crainte, pas un doute ne estait dans sa pensée.

Avant de quitter la Hollande, la com-esse de Lewardeen, suivant l'usage des trangers qui se mettent en route, avait emandé des notes et des renseignements plusieurs personnes qui avaient fait pré-édemment le voyage de France ; elle s'é-ait par malheur adressée surtout à son omme d'affaires, vieux rabâcheur tran-hant du capable, et qui n'était pas venu n France depuis quinze ans. Cet homme vait indiqué à la comtesse, comme l'hôtel ù elle devait exclusivement descendre, *Lion d'Or*, rue Grenétat.

Or, depuis quinze années, le *Lion d'Or*, ui n'avait jamais été qu'un hôtel de second ordre, était singulièrement déchu de sa vogue d'autrefois : à la vue de ce bouge humide, dont la façade noire et suintante s'élevait dans une rue boueuse, et sur le seuil duquel se tenaient des domestiques malpropres et rechignés, le cœur épanoui des deux femmes se contracta et perdit toute sa joie. Elles auraient voulu retourner en arrière et chercher un autre gîte; mais déjà on s'était emparé de leurs bagages, et on les entraînait plutôt qu'on ne les conduisait vers une grande chambre froide et délabrée, dont les meubles dés-assortis et malpropres formaient, avec la riante et confortable maisonnette de Nicolaasga, le contraste le plus cruel.

Joanna et sa mère se regardèrent avec découragement.

— Qu'importe! reprit Joanna la première, qu'importe? Ceci est le résultat d'une méprise; nous rirons demain de cet incident de notre voyage, aujourd'hui, prenons-en notre parti. Il faut écrire sur-le-champ à M. Frémicourt; ses conseils nous tireront de notre exil; sans doute il voudra même nous rendre l'hospitalité qu'il a reçue de nous naguère. Il nous logera au ministère, près de sa femme, jusqu'à ce que les soins de celle-ci nous aient guidées dans la recherche et le choix d'une habitation convenable.

Elle se fit apporter tout ce qu'il fallait pour écrire, et traça le billet suivant :

« Monsieur le Ministre,

« En nous quittant, l'année dernière,
« vos derniers adieux ont été ces paroles :
« A Paris ! à Paris !
« Nous voici à Paris, près de vous, et
« un peu perdues au milieu de cette im-
« mense ville. Nous n'avons d'espoir
« qu'en vous, et ma mère vous attend
« avec impatience.

« JOANNA VAN LEWARDEEN. »

Elle donna ordre que la lettre fût portée sur-le-champ au ministère.

Joanna se mit immédiatement à sa toilette.

— Son excellence ne peut tarder à accourir, dit-elle en se hâtant, et tandis que son cœur palpitait d'attente et d'émotion.

Une heure, l'après-midi entière et toute la soirée s'écoulèrent sans que M. Frémicourt parût. Chaque bruit de voiture qui retentissait dans la rue faisait lever et accourir à la fenêtre Joanna dont le visage se couvrait tour à tour de rougeur et de pâleur. Il fallut, à minuit, que la pauvre désappointée se mît au lit, boudeuse et mécontente du peu d'empressement que témoignait M. Frémicourt.

La comtesse épuisa toute sa dialectique et tous ses raisonnements pour disculper le ministre : sans doute, il ne se trouvait pas à Paris ; ou bien le roi l'avait fait appeler et le retenait près de lui : peut-être encore le domestique chargé de la lettre ne l'avait point remise, et s'était mal acquitté de sa commission.

Quoi qu'il en soit, Joanna ne ferma point l'œil de toute la nuit. Le lendemain, avant le jour, elle était levée et écrivait cette seconde lettre :

« Monsieur le ministre,

« Ma mère cherche à me persuader

« que mon billet d'hier ne vous est point
« parvenu ; je crains bien, moi, que vous
« n'ayez oublié vos amis de Nicolaasga et
« surtout

« JOANNA VAN LEWARDEEN. »

Cette fois, ce fut à la poste que fut confiée la lettre, pour plus de sûreté.

La journée se passa dans la même solitude que la veille. Pas de visite du ministre; pas un mot, pas un signe de lui.

Joanna affecta d'abord de montrer une indifférence dédaigneuse; mais à la fin des larmes de colère et de honte s'échappèrent de ses yeux.

La comtesse partageait son indignation.

— Ce n'est pas en Hollande, disait-elle, qu'on méconnaît ainsi les devoirs de l'hospitalité! Nous l'avons reçu comme un ami ; il nous traite comme des étrangères.

Huit jours s'écoulèrent encore, durant lesquels la comtesse de Lewardeen prit sur elle d'écrire, de nouveau et en secret, à M. Frémicourt : elle se plaignait doucement, dans cette lettre, de la négligence de leur ancien hôte, et le suppliait, au nom de Joanna, de venir les tirer de l'isolement et de l'ennui dans lequel elles vivaient.

Cette troisième lettre ne reçut pas plus de réponse que les premières.

Cependant la situation des deux Frisonnes devenait de plus en plus pénible. Habituées à la vie active et à l'air abondant de la campagne, elles se sentaient s'étioler au milieu de leur prison sombre et malsaine. Les mets insipides et odieux qu'on servait sur leur table ne contribuaient pas médiocrement à leurs souffrances. De plus, elles osaient à peine se hasarder quelquefois à sortir; elles craignaient que, précisément pendant leur courte absence, le ministre ne vînt les visiter. Chaque heure avait pour elles la durée d'un mois.

Un matin, madame de Lewardeen allégua je ne sais quel prétexte pour sortir, fit amener un fiacre, y monta, et ordonna au cocher de la conduire au ministère, chez son excellence M. Frémicourt.

Introduite dans l'antichambre, l'huissier de service lui demanda si elle avait une lettre d'audience. La comtesse remit sa carte, sûre, ajouta-t-elle, que son nom suffirait pour la faire admettre immédiatement près de son excellence.

L'huissier prit la carte, et une heure s'écoula, durant laquelle madame de Lewardeen vit successivement entrer chez le ministre les diverses personnes qui l'avaient précédée dans l'antichambre. Enfin son tour était venu, et elle allait se trouver en présence de l'ingrat dont elle ne pouvait s'expliquer la conduite que par le résultat d'une méprise! Déjà elle attendait, non sans quelque émotion, le signal de la sonnette, lorsque l'huissier lui annonça, ainsi qu'à deux ou trois autres solliciteurs :

— Son Excellence vient d'être appelée au conseil des ministres.

Il fallut que madame de Lewardeen revînt chez elle sans avoir vu M. Frémicourt.

Accablée d'indignation et de honte, elle rentra tellement émue, qu'elle fondit en larmes et avoua à Joanna la démarche qu'elle avait faite sans consulter sa fille, et l'affront qu'elle venait de recevoir. Les deux pauvres femmes cherchèrent inutilement quels motifs pouvaient déterminer le ministre à montrer tant d'ingratitude pour elles.

— Eh bien ! s'écria Joanna, je me passerai de lui ! Sans lui je saurai me conquérir un nom littéraire ; je ne devrai rien qu'à moi-même. Consolez-vous, ma bonne mère ! je sens dans mon cœur que le succès ne saurait échapper à mon ardeur.

Elle embrassa madame de Lewardeen, et celle-ci se ranima à la force de sa fille.

Cependant, quoiqu'elles se sentissent un peu consolées, et que l'indignation leur eût donné de l'énergie, chacune d'elles, de son côté, en silence, et sans en rien témoigner à sa compagne, n'en cherchait pas moins à deviner les causes de l'indigne conduite tenue par M. Frémicourt. Comme il arrive toujours, ce fut bien loin de la réalité qu'elles dirigèrent leurs investigations. Quant à nous, si le lecteur veut bien nous écouter quelques instants avec patience, nous allons essayer de marcher dans une voie plus voisine de la vraisemblance; peut-être y parviendrons-nous.

Lorsque M. Frémicourt visitait la Frise, il se trouvait débarrassé du fardeau des affaires de l'Etat. Quand il fut en face de Joanna, il ne put impunément regarder tant de beauté, de grâce et de candeur unies à une imagination de poète et à une intelligence supérieure. Il y a des femmes qui ne voient dans les fleurs que des tiges à briser et des couronnes à tresser; elles ne sauraient admirer leurs corolles charmantes et respirer leur parfum sans les arracher à leur racine et hâter ainsi leur flétrissure. M. Frémicourt agit comme ces femmes. Sans songer que Joanna vivait heureuse et suave dans son coin obscur et frais de la Frise; sans réfléchir qu'elle n'avait rien à y redouter ni des ardeurs brûlantes de l'ambition, ni des tempêtes redoutables d'une existence de luttes, il l'arracha impitoyablement à son bonheur en lui montrant un avenir éclatant; il alluma dans son sein la soif ardente par laquelle Tisiphone dessèche les lèvres de Tantale; puis, comme la fille des enfers, il ne songea point à étancher cette soif, et il s'éloigna, oublieux de sa victime. Aussi, lorsque après une année et demie la jeune fille lui écrivit la lettre qu'on a vue tout à l'heure, prit-il cette lettre des mains de son secrétaire avec une parfaite indifférence. Il ne répondit rien lorsque celui-ci prononça le nom de Joanna van Lewardeen et referma la lettre en disant :

— Elle vous annonce son arrivée à Paris.

Le ministre, un mois après, quand la comtesse se décida à se rendre chez lui, ne vit dans la visite de madame de Lewardeen que les sollicitations importunes d'une étrangère assez imprudente pour accepter au sérieux des promesses vagues et des offres banales. Peut-être ne se rappelait-il même pas quels motifs amenaient Joanna et sa mère à Paris. Bientôt le souvenir de leur arrivée disparut complétement de sa pensée, comme une feuille sèche au milieu des tourbillons en fureur d'une immense trombe.

CHAPITRE SEPTIÈME.

LE CONCOURS.

Joanna avait résolu d'arriver seule au but que lui avait montré naguère le ministre; elle se mit sérieusement à l'œuvre. Les journaux rappelaient un sujet proposé par l'Académie française, et la clôture imminente du concours. Elle traita aussitôt et écrivit, en deux jours, sur ce sujet un petit poème plein de grâce et de naïveté, qui acheva de rendre, dans toute sa ferveur, à la comtesse, l'espoir qu'elle avait senti plus d'une fois près de s'échapper de son cœur. Elle embrassa Joanna en versant des larmes; le poème fut copié et envoyé le lendemain au secrétariat de l'Académie, car la durée du concours touchait à son terme, je vous l'ai dit.

— Une fois couronnée par l'Académie française, disait-elle, une fois proclamée poète par le plus grand corps littéraire de l'Europe, tu prendras place au premier rang; ton nom sera répété et appris par tous. Cent mille bouches répéteront tes vers avec enthousiasme; et les libraires se disputeront à prix d'or les moindres productions de ta plume. D'ici à ce grand jour, mon enfant, il faut étudier et travailler en silence, amasser des matériaux et des richesses. Prépare-toi à répondre par d'autres chefs-d'œuvre à celui qui doit, j'en ai la certitude, te mériter les suffrages de l'Académie. Viens m'embrasser encore, mon enfant, et que Dieu soit béni pour nous avoir inspiré la pensée de venir à Paris ; c'est lui qui a jeté l'oubli dans le cœur de M. Frémicourt, pour que tu ne doives rien qu'à toi; pour que tu triomphes seule, faible enfant sans protecteur et sans guide!

Telles étaient les paroles répétées sans cesse par la comtesse de Lewardeen à sa fille, qui partageait la confiance et l'espoir de sa mère. Elles résolurent de quitter le logement incommode et triste qu'elles avaient occupé d'abord, et choisirent un joli appartement dans un des quartiers élégants du nouveau Paris. Là, elles s'installèrent d'une façon confortable, achetèrent des meubles et se disposèrent un nid délicieux. Quand le tapissier, l'ébéniste et les autres fournisseurs apportèrent leurs mémoires, et que madame de Lewardeen en examina le total, elle sentit son front se mouiller d'une sueur glacée. Le prix de ces acquisitions dépassait de beaucoup les dix mille francs apportés par la comtesse à Paris. Elle avait acheté, comme elle l'eût fait en Hollande, sans s'informer des prix et sans les débattre avec les marchands. Joanna rit aux éclats de la consternation de sa mère et trouva moyen, à force de gaîté et d'insouciance, de rendre quelque calme à madame de Lewardeen. Cependant celle-ci ne put maîtriser tout à fait ses inquiétudes. Malgré ses efforts pour les tenir écartées de son esprit, elle se trouvait sans cesse en lutte avec la pensée qu'elles avaient dépensé, en un mois, à Paris, plus qu'elles ne l'eussent fait en cinq années à Nicolaasga. Il fallut recourir à de nouveaux emprunts, écrire à l'homme d'affaires d'Amsterdam et attendre la réponse, qui n'arriva point promptement. Enfin, une lettre apporta des fonds ; mais au nouveau mandat de dix mille francs qu'elle contenait se trouvaient jointes de longues réflexions sur la difficulté qu'on avait trouvée pour contracter ce nouvel emprunt. On terminait en proposant de vendre les terres qui entouraient la villa.

— Vendre l'héritage de mon mari et de ton père ! s'écria la comtesse avec douleur en lisant cette lettre.

— Eh bien ! répliqua Joanna, le grand malheur, ma mère ? Songez-vous à retourner vivre ou plutôt mourir en Hollande ? La vie n'est-elle pas ici ? au milieu de ce mouvement intellectuel qui agrandit et élève l'âme ? Nous étoufferions maintenant dans le cercle étroit et monotone des habitudes de Nicolaasga. Sans la foi, point de salut. J'ai la foi du succès ; marchons donc. Dieu a placé devant nous son ange et une colonne de feu, pour nous guider à travers le désert de l'attente. La

Terre-Sainte et les grappes fécondes d'Engaddi sont au bout; quittons l'Egypte sans regret! plutôt la pauvreté à Paris, que l'aisance à Nicalaasga. Mais vous n'avez rien à redouter de ces épreuves terribles, ma mère! Nous semons : la récolte ne tardera point à nous indemniser au centuple de nos semailles. Je sens mon talent grandir de jour en jour : ce talent n'était encore qu'au berceau quand il étonnait M. Frémicourt; maintenant je suis pleine de puissance et de force! Embrassez-moi, et ne doutez plus de votre fille, méchante mère!

Au milieu des restrictions de ses inquiétudes, la comtesse ne continuait pas moins à partager et à seconder les projets de sa fille. Toutes les deux vivaient comme si leur fortune eût été considérable : elles allaient souvent au spectacle; Joanna, pour y faire des études sur l'art, la comtesse, pour y jouir du plaisir qu'éprouvait sa fille. Chaque jour, d'ailleurs, l'influence et l'empire que la jeune fille exerçait sur sa mère, devenaient de plus en plus absolus. La bonne et faible femme s'humiliait en secret sous la supériorité de sa fille. Non pas que Joanna ressentît ou témoignât moins d'affection et de respect pour sa mère ; c'était une révolution qui s'opérait en elles, à leur insu, et qui faisait passer l'autorité de la comtesse à Joanna ; comme un liquide plus léger s'élève peu à peu au-dessus d'une eau plus lourde, et finit par la dominer entièrement.

Six mois s'écoulèrent ainsi, après lesquels approcha l'époque où l'Académie devait juger les pièces de vers envoyées au concours, et rendre publiques ses décisions. Alors, la confiance de Joanna commença à s'ébranler ; elle n'en avoua rien à sa mère, mais, la nuit, cette pensée la tenait éveillée, et lui causait de brûlantes insomnies. Elle se demandait avec angoisse ce qu'elle deviendrait en cas d'échec. Elle jetait un regard désespéré sur sa position difficile, et sur le changement de fortune dans lequel se trouverait sa mère ; elle s'épouvantait à l'idée du chagrin qu'éprouverait cette mère adorée. Car, disons-le, Joanna ne cédait point à une pensée exclusivement personnelle ; c'était surtout pour sa mère qu'elle voulait de la gloire et de la fortune.

Le souvenir de Samuel revenait aussi à sa mémoire : elle songeait à sa tendresse et à son dévoûment, mais elle n'eût point voulu, se fût-il agi de son propre salut, laisser soupçonner au docteur les inquiétudes et les doutes qu'elle avait dans l'âme. Aussi, chaque fois qu'elle prenait la plume pour lui écrire, déchirait-elle sa lettre inachevée. Elle comprenait qu'elle ne pouvait écrire avec froideur à Samuel, et ne point lui parler de sa position. Comme elle ne voulait, d'un autre côté, ni lui laisser lire dans son cœur, ni le tromper, elle gardait le silence. Toutes ces émotions cachées, son éloignement de la terre natale, l'air malsain de Paris, l'insomnie et les fatigues de laborieuses études, imprimaient leurs ravages sur les traits de Joanna. Pâle, amaigrie, les yeux cernés, elle se sentait dévorée d'un feu dont les inquiétudes augmentaient de jour en jour la violence. Chaque matin, elle dévorait du regard les pages des journaux, et y cherchait avec avidité quelque nouvelle sur le concours. Elle n'y trouvait rien d'un arrêt qui allait décider du sort de toute sa vie. Plusieurs fois, dans son impatience, elle s'était rendue au secrétariat de l'Institut, pour interroger les commis; ils ne savaient rien, ils ne se souciaient de rien savoir. Pour eux, ce qu'elle attendait comme un condamné attend sa grâce ou son arrêt de mort, était un événement insignifiant, sans importance, sans autre intérêt qu'une note à écrire, une copie de lettre à faire et à envoyer en duplicata, un peu plus tôt ou un peu plus tard sur leurs registres.

Cependant Joanna n'avait plus même assez de liberté d'esprit pour se livrer à l'étude. C'était tout entière, sans restriction et sans moyen de combat qu'elle s'abandonnait aux angoisses de l'attente. A la fin, un jour, elle découvrit dans les journaux cette note :

« L'Académie française s'est réunie
« aujourd'hui pour délibérer sur le con-
« cours de poésie : deux pièces de vers
« ont partagé les suffrages, et l'Académie
« a remis à jeudi prochain la décision dé-
« finitive. »

Huit jours! huit jours encore! Et pas

un moyen de sortir de doute; car elle ne connaît pas un académicien! Car elle n'oserait jamais se présenter, elle, inconnue, sans titre et sans recommandation, chez un de ces illustres personnages. Il fallait donc encore souffrir une semaine entière, une semaine lente et cruelle comme l'agonie.

Durant la première période de cette crise, quelques nuances d'espoir restaient encore dans le cœur de Joanna. A la fin, le découragement s'empara tout à fait d'elle ; elle ne comptait plus sur le succès ; elle ne le désirait même plus. Ce qu'elle voulait, ce qu'elle eût payé de son sang, c'était la fin de ses souffrances ; c'était une conclusion à l'horrible mal qu'elle éprouvait.

Les huit jours écoulés, hélas ! elle n'apprit rien encore. Je ne sais quel incident avait empêché l'Académie de se réunir.

Un soir, Joanna , vaincue par tant d'émotions, se tenait tristement assise près de sa mère. L'ouvrage de tapisserie auquel elle travaillait était tombé de ses mains : la tête inclinée sur sa poitrine, elle se laissait aller à des pensers pleins d'amertune et de remords. Elle sentait maintenant combien elle se trouvait faible et abandonnée depuis que Samuel n'était plus là pour la soutenir. Il l'eût protégée contre elle-même ; il l'eût relevée, à présent qu'elle gît abattue : il lui eût donné du courage et de la résignation. Oh ! comme il lui avait prédit les tortures dans lesquelles elle se débat aujourd'hui ! comme il avait cherché à l'y soustraire ! Samuel ! Samuel !... Pourquoi lutterait-elle plus longtemps contre une fausse honte ? Il faut quitter sur-le-champ Paris. Il faut retourner, dès demain, en Frise ! Samuel pardonnera aux erreurs de sa fiancée ; il n'aura pour l'ingrate que des paroles d'oubli et de tendresse.

— Oh ! que je voudrais remettre le pied sur la terre de la Hollande ! Il me semble que tout malheur serait impossible pour nous, si j'avais seulement touché les dalles du port de Rotterdam, cette ville que l'on salue la première en abordant la Hollande ! Qu'il me tarde de revoir, ne fût-ce que de loin, sa vieille église, ses maisons penchées, ses beaux arbres et ses canaux.

Elle essuya les larmes que ces pensées avaient amenées dans ses yeux, et tendant la main à sa mère :

— Je t'ai valu bien des douleurs depuis huit mois, dit-elle. Je ne veux pas que tu souffres plus longtemps pour moi. Quittons Paris. Retournons à Nicolaasga près de Samuel.

Madame de Lewardeen tressaillit, car, le matin même, elle avait de nouveau écrit à son homme d'affaires, pour le charger de vendre une autre portion des terres qui environnaient la villa : elle n'en avait rien témoigné à sa fille, pour ne pas ajouter à sa douleur. Elle voyait avec effroi se démembrer de plus en plus leur petite fortune, suffisante, et au delà, en Hollande, mais qui s'exhalait rapidement en fumée, à l'ardeur de la vie coûteuse de Paris.

— Dieu soit loué ! s'écria-t-elle en joignant les mains. Voici une pensée de salut qui te vient. Oui, mon enfant, renonce à tes rêves de gloire, qui font tant de mal ; reprenons notre existence d'autrefois, si douce dans sa simplicité. Nicolaasga ! A la pensée de revoir ces lieux chéris, je n'ai plus de souffrances ; je ne ressens plus d'inquiétudes. Partons ; quelques années d'économies parviendront à nous rendre les sommes considérables que nous avons dépensées ici. Partons ! le bonheur est encore, là-bas, possible pour nous. Partons, ma fille, partons !

— J'en ai autant d'impatience que vous, ma mère ; je ne laisse aucun regret dans Paris. Non, je ne donne pas même un soupir à cette gloire qu'on m'y avait promise, et qui n'était, comme les autres paroles de cet homme, que mensonge, ingratitude et déception. Mon beau lac, mes vertes prairies, ma vie libre, indépendante et pleine de poésie, je vais donc vous retrouver ! Oh ! ne craignez plus maintenant que je vous devienne encore infidèle ! désormais je connais trop quel est votre prix pour m'exposer de nouveau à vous perdre !

Elle parlait encore, quand sa femme de chambre apporta les journaux.

Joanna, dans son découragement, avait oublié ou négligé de les faire prendre.

Elle les déploya négligemment, et les parcourut des yeux. Tout à coup, un cri s'échappa de ses lèvres, et sa mère la vit pâlir et défaillir à la fois.

— Joanna, mon enfant, qu'as-tu? quelle douleur soudaine t'a frappée?

— Ce n'est point de la douleur, ma mère, répondit Joanna en se ranimant; non, ce n'est point de la souffrance; c'est du bonheur! Ma mère, c'est un enivrement tel que les anges en ont dans le ciel, en face de Dieu. Ma mère! ma mère! l'Académie m'a décerné le prix de poésie! Ma mère! mon nom n'est plus obscur et perdu dans la foule! Ma mère, je n'en puis plus douter désormais, Dieu m'a marquée au front du sceau divin de la poésie! Ma mère, à moi la gloire et le bonheur! Tous mes rêves les plus impossibles et les plus orgueilleux se sont réalisés! le nom de Joanna ne mourra point! oh! je vais succomber à tant d'émotions! Seigneur, donnez-moi la force de supporter l'immensité de mon bonheur.

La comtesse n'était pas moins troublée que Joanna; elle lisait et relisait l'article de journal qui avait apporté tant de joie à sa fille et à elle; elle ne pouvait se lasser d'en rassasier ses yeux.

Voici ce que contenait cet article.

« L'Académie française s'est réunie
« aujourd'hui pour décerner son prix
« annuel de poésie. Deux pièces de vers
« divisaient les suffrages à nombre de
« voix égal; après de vives discussions,
« il a été décidé que le prix serait partagé
« entre les deux concurrents. On a ou-
« vert les billets cachetés qui renfermaient
« leurs noms, et on a proclamé lauréats
« M. Antonin de Laumenat, poète déjà
« connu par de nombreux succès acadé-
« miques, et mademoiselle Jeanne de Le-
« wardeen. »

Ainsi, les prédictions et les promesses de M. Frémicourt s'étaient accomplies ! Il ne prédisait pas en vain la gloire à Joanna ! Elle était vraiment un poète appelé à la renommée!.... Toutes ses souffrances, toutes ses résolutions de quitter Paris étaient oubliées; elle ne se rappelait plus avoir éprouvé ni douleur, ni regret, ni repentir. Son cœur battait à rompre sa poitrine; un léger bourdonnement bruissait autour de ses tempes!... La nuit se passa pour elle sans sommeil et dans une fièvre ardente; mais qu'importe ! devant tant de bonheur, on ne saurait se sentir faible. Une reine doit se montrer puissante et forte... Et ne vient-on pas de poser sur son front la plus noble, la plus radieuse de toutes les couronnes, celle de l'art!

Le lendemain matin, elle courut avec sa mère chez le secrétaire de l'Académie française. En voyant une jeune fille si belle, si naïve, et d'un cœur si généreux, le secrétaire de l'Académie française, c'était encore le bon et spirituel Arnault, ne put retenir un soupir.

— Oui, mademoiselle, dit-il, l'Académie française vous a décerné son prix de poésie. Elle posera sa couronne sur votre front, bientôt, dans sa séance publique, devant tout ce que Paris possède d'illustre! Je désire que tant de succès ne trouble pas votre jeune tête, et n'y allume pas trop d'orgueil. Ne vous exagérez pas l'importance de votre triomphe; il est grand sans doute, mais ce n'est qu'un premier pas, après lequel la chute est encore fort possible. Tâchez donc d'éloigner l'ivresse de votre cerveau, pour ne pas trébucher. Je vous demande pardon de troubler votre joie et de jouer le rôle de l'esclave qui, chez les Romains, disait au triomphateur : « Souviens-toi que tu es homme; » c'est une preuve d'intérêt que je ne prendrais pas la peine de donner à tout le monde. Ma belle enfant, Dieu vous soit en aide; car jamais sa protection ne vous a été plus nécessaire; vous voilà au milieu des plus redoutables séductions; vous allez avoir des ennemis dangereux par leur jalousie, et des amis plus dangereux encore par leur imprudence. Laissez-moi vous prévenir à l'avance de ces périls, et vous mettre en garde contre tant d'embûches.

De plus sages que vous y ont succombé. Si vous saviez le latin, je vous dirais *experto crede Roberto*; comme je ne vous fais pas l'injure de cette supposition, je vous dirai tout bonnement que plus d'une fois j'ai pleuré sur ce qu'on est convenu d'appeler ma renommée, et que la vanité m'a entraîné dans des piéges qu'avec un peu plus de modestie et de prudence j'aurais fort bien évités.

Ces paroles du vieillard firent peu d'impression sur Joanna; elle les mit sur le compte de l'âge et de l'humeur chagrine de M. Arnault. La séance publique de l'Académie la préoccupait seule : elle croyait ouïr les cris de l'assemblée; elle entendait ses vers écoutés et applaudis par toute la foule brillante qui ne manque jamais de se presser à ces grandes solennités littéraires. Elle se livrait entière et sans réserve à cette joie immense qu'a décrite Horace en disant : « Si vous me saluez du nom de poète, je frapperai les astres de ma tête sublime. »

Il y a des émotions et des joies qui ne sauraient se décrire par des paroles humaines. Ces joies et ces émotions inondèrent le cœur de Joanna jusqu'au jour de la séance de l'Académie française. Elle s'enivrait du présent, et s'élançait avec transport dans l'avenir; elle ne se souvenait du passé que rarement et avec dédain ; il lui semblait que son existence d'autrefois n'était qu'un rêve lointain, effacé et sans traces. Elle se remit au travail avec ardeur; chaque semaine elle produisait quelque petit poème, plein de naïveté et de grâce; elle voulait amasser des trésors pour publier, peu de temps après la séance de l'Académie, un volume qui la plaçât tout-

BIBLIOTHÈQUE IMPÉRIALE

à-fait parmi les poètes. D'ailleurs, et elle rougissait presque d'être obligée de se livrer à cette pensée, ne fallait-il pas songer un peu à la fortune, ne fût-ce que pour délivrer sa bonne mère de toute inquiétude ? Quand la comtesse se verra propriétaire d'une charmante maisonnette entourée d'un jardin, et réunissant à la fois les avantages de la ville et les douceurs de la campagne, elle se sentira tout-à-fait rassurée, et n'aura plus de regrets pour la Frise. Quel bonheur va éprouver Joanna à entourer sa mère d'aisance et de bonheur ; à se dire, en la voyant heureuse et souriante : Sa joie est mon œuvre !

A cette pensée, la noble ardeur de l'inspiration embrasait son imagination et faisait battre son cœur ; les vers jaillissaient nombreux et brillants de sa pensée féconde ; jamais le talent de la jeune fille, elle le sentait, n'avait eu autant d'éclat et de magie.

De son côté, madame de Lewardeen, rassurée sur l'avenir, renonçait au scrupule d'une économie désormais inutile, et se complaisait à satisfaire les goûts prodigues auxquels sa fille allait pouvoir bientôt se livrer sans réserve. Occuper convenablement le rang qu'elle venait de conquérir était indispensable. Du troisième étage qu'elles habitaient, les deux femmes descendirent au premier, qui se trouvait vacant; un domestique et une cuisinière furent adjoints à la femme de chambre; enfin, chaque soir, un élégant coupé de remise conduisait Joanna et sa mère à l'un des théâtres. Elles affectionnaient surtout l'Opéra et les Italiens, où elles furent assez heureuses pour trouver à louer une petite loge de deux places: ne fallait-il pas que Joanna puisât des inspirations dans les émotions de la scène et de la musique? Et puis, sa mère était si heureuse quand elle voyait tous les regards se tourner vers la jeune Frisonne! Partout on se demandait avec admiration quelle était cette inconnue si belle.

Ce fut à cette époque que l'homme d'affaires d'Amsterdam reçut l'ordre de vendre définitivement la maison de Nicolaasga et le peu de terres qui restaient autour de cette habitation. Maintenant que la victoire était remportée, on pouvait, à coup sûr, brûler ses vaisseaux.

CHAPITRE HUITIÈME.

LA SÉANCE PUBLIQUE.

Enfin, le grand jour de la séance publique arriva. Joanna, parée avec une délicieuse simplicité, se rendit, accompagnée de sa mère, à l'Institut. Une simple robe blanche, un ruban bleu nouant ses beaux cheveux blonds, faisaient valoir la fraîcheur de son teint et la pureté de ses traits : aussi, quand le secrétaire perpétuel l'aperçut, son front, habituellement sarcastique, se dérida.

— Dieu vous garde belle et naïve comme vous l'êtes ! lui dit-il : qu'il daigne surtout, dans sa miséricorde, éloigner de vous l'imprudence et l'orgueil ! Si vous évitez ces deux écueils, il ne vous restera plus qu'à ouvrir vos ailes et qu'à vous envoler dans le ciel, car vous serez un ange véritable.

Cependant, une foule immense, l'élite de la société parisienne, arrivait avec empressement et remplissait la salle Le secrétaire perpétuel nommait complaisamment à Joanna les personnages illustres qui se trouvaient dans l'auditoire ou qui occupaient les fauteuils de l'Académie. A la vue de deux membres de l'Institut, entrant les bras entrelacés, Joanna ne put réprimer un léger cri de surprise... C'étaient M. Frémicourt, et son ami, le savant chimiste Gabriel Rusconnetz.

M. Frémicourt, en voyant Joanna et sa mère, attacha les yeux sur elles avec l'expression d'une personne qui cherche à reconnaître des traits et à formuler un nom qui ne lui sont pas étrangers. Il avait oublié, au milieu du tourbillon des affaires, les lettres écrites par Joanna et par la comtesse ; il se le rappela en reconnaissant enfin tout à fait celles de qui, deux années auparavant, il avait reçu une charmante hospitalité. Sans se déconcerter, et sans manifester la moindre hésitation, il alla droit aux dames frisonnes, et, le sourire sur les lèvres, il les salua et leur tendit la main.

— Je ne savais pas que Votre Excellence connût notre charmant lauréat, dit le secrétaire perpétuel, tandis qu'une rougeur rapide couvrait le visage de Joanna et se répandait à profusion sur ses épaules et sur son sein.

— Nous sommes de vieux amis, répondit M. Frémicourt, sans vouloir remarquer la froideur cérémonieuse avec laquelle le saluaient la comtesse et sa fille.

Puis, comme s'il n'eût point appris à l'instant même que Joanna allait recevoir une couronne, il ajouta avec le sang-froid et la présence d'esprit d'un homme que rien ne saurait déconcerter :

— Vous m'avez bien accusé d'ingratitude et d'oubli, n'est-ce pas ? Longtemps vous n'avez point compris quelles preuves d'affection je vous donnais en gardant le silence à vos lettres. Aujourd'hui que vous me rendez justice, je vous pardonne le mal que vous avez pensé de moi.

Et comme Joanna le regardait avec surprise.

— Oui, continua-t-il, feignez de ne pas me comprendre. Si je vous fusse venu en aide, vous n'auriez pas aujourd'hui le bonheur de vous dire que vous êtes arrivée au succès seule, sans protection, sans camaraderie, sans aide, par la force seule de votre talent. D'ailleurs, s'ils eussent soupçonné l'intérêt que je vous portais, mes antagonistes fussent devenus les vôtres, et n'auraient pas manqué de voir dans votre triomphe l'œuvre de mon influence ministérielle. Remerciez-moi donc et demandez-moi pardon.

Il y avait dans ces paroles tant d'apparente bonne foi, elles étaient dites avec tant de sérénité, que Joanna fut tentée d'y croire. D'ailleurs, si le ministre avait été oublieux pour elle, ne cherchait-il pas en ce moment à réparer ses torts? Et puis, pouvait-elle, dans un moment si grave et si solennel, garder, au milieu de son bonheur, un sentiment d'amertume ou d'animosité? Oh! non. Ce fut donc avec un sincère abandon qu'elle plaça sa main dans la main de M. Frémicourt.

Sur ces entrefaites, la séance fut proclamée ouverte. M. Frémicourt, au lieu d'aller occuper la place qui lui était réservée sur l'estrade, parmi ses collègues, resta près des deux Frisonnes.

Un discours d'ouverture et plusieurs lectures successives occupèrent la première partie de la séance. Enfin vint le moment de proclamer les lauréats, et la voix du secrétaire perpétuel nomma les deux poètes appelés à partager le prix de poésie.

Le premier qui se leva pour recevoir la couronne académique fut M. Antonin de Laumenat. M. Frémicourt, par un imperceptible mouvement, retint Joanna assise sur sa chaise, tandis que le poète se dirigeait seul vers le bureau. C'était un gros petit homme chauve, les yeux couverts de bésicles, et dont un embonpoint exagéré faisait un personnage assez grotesque. D'ailleurs, homme de quarante ans environ, vieil habitué des couronnes académiques, et obtenant, pour la cinquième ou sixième fois, le prix de poésie. Quand il revint sur ses pas pour retourner à sa place :

— Maintenant levez-vous, dit à voix basse le ministre à Joanna.

Elle se leva. A la vue de cette enfant si jeune et si belle, des cris d'admiration éclatèrent de toutes parts; on applaudit avec enthousiasme à trois ou quatre reprises; des larmes délicieuses ruisselaient sur les joues de l'heureuse Joanna. Par un mouvement plein de grâce et de passion, elle étendit avec reconnaissance les bras vers ceux qui l'enivraient de tant de bonheur; alors les transports des spectateurs ne gardèrent plus de frein, et la séance demeura interrompue durant plus d'un grand quart d'heure. Le calme ne se rétablit qu'à la voix du président, lorsqu'il annonça qu'on allait lire les pièces de vers des deux lauréats.

M. Antonin de Laumenat avait traité sous forme d'épître le sujet proposé. Son œuvre était savamment combinée et écrite avec une correction remarquable : on n'aurait su mieux limer un vers et souder deux hémistiches. Le plus habile versificateur ne l'eût pas égalé à faire marcher si bien des rimes de niveau; c'était du Boileau, moins le génie. Les vers se déployaient facilement ; le rhythme ne manquait pas d'harmonie, et la faiblesse des pensées se trouvait rachetée par la correction de la forme ; car pas une tache ne souillait la pureté irréprochable de cette œuvre presque mécanique. L'examen le plus rigoureux n'eût pu rien y trouver à reprendre ; enfin, trois ou quatre pensées ingénieuses jetaient sur l'ensemble un faux éclat qui pouvait éblouir à la rigueur.

On écouta donc et on applaudit honnêtement cette œuvre honnête, dont l'académicien chargé de sa lecture sut faire ressortir habilement les parties saillantes, tout en dissimulant ce qu'il pouvait y avoir d'incomplet.

Le secrétaire perpétuel voulut lire lui-même la pièce de Joanna.

Dès les premiers vers, cette poésie fraîche, vive, passionnée, qui tenait sa forme de l'inspiration et non de l'art, s'empara de l'auditoire et le maîtrisa. On se demandait avec admiration comment une jeune fille, une enfant, avait pu trouver ainsi le secret d'émouvoir à son gré une assemblée composée de personnes blasées sur les sensations de l'art. A diverses reprises, l'émotion générale interrompit le lecteur ; on battait des mains, on pleurait, on ne pouvait suffire à de si vives sensations ; enfin, chose inouïe dans les fastes académiques, lorsque la lecture fut terminée, au milieu des applaudissements de tous, mille voix s'élevèrent pour demander qu'on relût encore une fois l'œuvre de la jeune fille. M. Frémicourt, par un mouvement spontané, entraîna Joanna vers l'estrade et lui plaça le manuscrit dans les mains, avant qu'elle eût le temps de se reconnaître. Les expressions manquent pour exprimer les mouvements de la foule, quand on vit la belle jeune fille prête à redire ses vers. Ce furent d'abord des cris, des bravos, des trépignements forcenés... Un silence profond et religieux succéda. Chaque parole de cette voix timide et faible arrivait jusqu'au dernier des spectateurs qui écoutaient avidement. Joanna se rassura peu à peu, sa voix se raffermit, et elle prit un caractère à la fois doux et imposant. Une foule de beautés de détails, qui avaient échappé à la première lecture, ressortirent, cette fois, étincelantes comme des diamants. Enfin, quand Joanna arriva à une péroraison pathétique, quand des larmes altérèrent sa voix émue, les pleurs de toute l'assemblée lui répondirent. Faut-il ajouter que la lecture terminée, les acclamations recommencèrent? On entoura Joanna et son heureuse mère qu'on félicitait; les femmes lui jetèrent leurs bouquets; c'était à qui lui dirait une parole de félicitation et d'enthousiasme, à qui presserait sa main et obtiendrait un regard d'elle. Joanna ne pouvait suffire à tant d'émotion et semblait près de s'évanouir.

— Ma mère, dit Joanna en rentrant chez elle, voici les beaux projets que je forme et que je veux réaliser. Nous cumulerons toutes les joies de la gloire et de l'obscurité; nous nous partagerons entre la France et la Hollande. Je travaillerai en Frise, je publierai à Paris; car mon cœur n'est pas plus ingrat pour la Frise que pour Samuel, vois-tu, mère. Oui, ce sera pour mon cœur une douce et joyeuse journée que celle où mes yeux reverront Nicolaasga. Il nous faudra partir avant l'automne, dans deux ou trois mois. Nous ne préviendrons point Samuel, je le surprendrai à l'improviste, tandis qu'il se promènera dans les jardins de notre jolie villa. Je jetterai le cri qui servait à nous appeler du temps de nos excursions dans les prairies immenses de notre pays. Il se retournera ému et il verra Joanna, sa bien-aimée Joanna, parée comme autrefois du costume frison. Ce sera joie complète, surtout dans les volières, dans les étables; tout me reconnaîtra, les troupeaux, les oiseaux, et jusqu'à mes belles fleurs. Oh! mon cœur bondit à ces délicieuses pensées! Ma mère! ma mère, partons vite.

La comtesse se cacha le visage pour ne point montrer à sa fille son trouble et sa douleur. Hélas! elle avait, le matin même, écrit à son notaire pour donner l'ordre de vendre Nicolaasga.

Le lendemain, à son réveil, le premier soin de Joanna fut de se faire apporter les journaux. il lui tardait de connaître l'opinion ou plutôt les éloges qu'ils exprimaient sur son succès. A sa grande surprise, plusieurs négligeaient de rendre compte de la séance de l'Institut, et la plupart se contentaient de mentionner, sans réflexion, les noms des deux lauréats. Cependant, il s'en trouvait quelques-uns moins laconiques, et qui parlaient « de la beauté de Joanna, et des « espérances que promettait le premier « essai d'une jeune fille dont le talent, « encore plein d'inexpérience, ne man- « quait pourtant pas de facilité et d'une « certaine grâce. » Il semblait que tous se fussent concertés pour reproduire cette pensée, à peu près sous la même forme et avec les mêmes mots.

Trois feuilles faisaient exception à cette banalité ; c'étaient les journaux exclusivement attachés au ministère. Les deux premiers se montraient pour Joanna plus prodigues d'éloges ; le troisième se contentait de citer en entier la pièce de vers.

Si peu d'enthousiasme, tant d'indifférence, jetèrent sur la joie de Joanna une tristesse froide qui la glaça, et produisirent sur son bonheur la cruelle destruction par laquelle une gelée inattendue désole un jeune arbre en fleurs. Elle s'attendait à un éclatant écho des triomphes de la veille..., et à peine un faible murmure frappait ses oreilles.

En revanche, on prônait beaucoup M. Antonin de Laumenat qui avait partagé le prix avec Joanna ; il semblait qu'il fût l'unique lauréat. Un des journaux qui rendaient compte de la séance, consacrait un long espace à l'analyse de sa pièce de vers, comme s'il était seul couronné, ou qu'en partageant le prix entre lui et Joanna l'Académie n'eût fait qu'un acte de galanterie et d'encouragement. Quelques petits journaux insinuaient que le crédit et la protection du ministre avait obtenu à Joanna le prix de l'Académie ; ils demandaient, avec indignation, comment un corps aussi illustre avait pu subir l'influence du pouvoir dans une question littéraire ! Les plus hostiles allaient plus loin encore, et parlaient avec perfidie de la beauté de Joanna et des empressements que lui prodiguait M. Frémicourt ; enfin, il y en avait qui prenaient un à un les vers de Joanna pour les soumettre à une analyse dérisoire ; ils en travestissaient grotesquement les expressions, donnaient, par des plaisanteries cruelles et grossières, aux mots les plus innocents une signification burlesque, et jetaient à pleines mains la boue et l'insulte sur le poète et sur son œuvre.

Jugez du désespoir de Joanna, qui voyait effeuiller ainsi sa belle couronne, et qui sentait des mains impitoyables meurtrir et déchirer son front. La colère et l'indignation couvraient tour à tour son visage de pâleur et de flamme. Son sein se soulevait avec accélération, et des larmes ne venaient la point soulager. Elle posait ses mains glacées sur son front brûlant; elle se demandait comment elle avait mérité tant de haine et d'insultes. Quand sa mère entra dans le cabinet d'études de Joanna pour la prévenir qu'il était temps de se rendre chez la princesse de Matthiœsen, qui lui avait envoyé une invitation, elle crut sa fille gravement malade, et ne put taire ses craintes.

— Ce n'est rien, ma mère, ce n'est rien, se hâta de dire Joanna, sans révéler la cause de ses souffrances, car elle ne voulait point frapper sa mère d'un coup aussi cruel.

Elle sonna sa femme de chambre, et témoigna contre la pauvre fille une impatience et une mauvaise humeur auxquelles celle-ci n'était pas accoutumée. A trois ou quatre reprises, Joanna la gronda durement et sans motifs, sans prendre pitié des larmes que provoquaient sa violence et son agitation nerveuse. Elle déchira avec emportement une robe qui, disait-elle, était mal taillée ; elle brisa un éventail qui ne s'ouvrait pas assez vite ; elle jeta loin d'elle un mouchoir dont la dentelle lui semblait un peu trop empesée. Puis, s'élançant dans la voiture, elle arriva chez la princesse, sans avoir adressé un mot à sa mère consternée.

Quand elle entra dans le salon, où se trouvaient réunies douze ou quinze personnes, elle s'efforça de réprimer ses émotions, mais ses traits se trouvaient tellement décomposés que madame de Matthiœsen s'informa avec sollicitude de sa santé.

— Vos joies d'hier vous ont trop émue

et trop agitée, mademoiselle, dit la princesse.

— Mes joies, reprit avec amertume Joanna, mes joies d'hier! oh! je les ai cruellement expiées ce matin. Les journaux... Elle ne put achever, car les sanglots coupèrent sa voix.

La princesse l'embrassa affectueusement.

— Consolez-vous, chère enfant, repritelle; ici, vous ne trouverez que des cœurs bienveillants et des sympathies loyales. J'ai réuni chez moi quelques-unes des femmes qui se sont conquis, par leur talent littéraire, une éclatante renommée. Toutes s'estiment heureuses et fières de la jeune sœur que la poésie vient de leur donner.

En effet, ces femmes, dont les noms étaient arrivés glorieux jusque dans la solitude de Nicolaasga, à la jeune Frisonne. l'entouraient et s'efforçaient de la consoler.

— Il ne faut pas vous affliger ainsi des attaques de vos ennemis, lui dit l'une d'elles.

— Des ennemis, moi, des ennemis?

—Vous êtes jeune et belle, vous venez d'obtenir un grand succès, vous avez des rivales et des rivaux ; il faut vous résigner, mademoiselle, à avoir des ennemis.

— Oh ! mon Dieu ! mon Dieu ! qu'ai-je fait? A quel prix faut-il donc acheter la renommée?

— Et tenez-vous heureuse de ne pas avoir été frappée plus cruellement, ajouta une femme pâle et belle : le bonheur de mon ménage a été détruit à tout jamais par deux lignes fatales. Un homme, dont j'avais repoussé l'amour, m'a lâchement calomniée ; mon mari a cru cette calomnie, et depuis lors, son affection pour moi a fait place au ressentiment et à la haine. Je vis seule, sous l'expiation d'une faute que je n'ai pas commise.

— Ah ! ne croyez pas que la vie littéraire soit le bonheur pour une femme, interrompit une autre, dont les nobles traits rappelaient involontairement la physionomie, sublime de souffrances, que les artistes byzantins ont donnée à Notre-Dame des Sept-Douleurs. Sans mes enfants, sans la pauvreté, qui m'oblige à creuser péniblement pour eux mon sillon littéraire, je reconquerrais avidement mon obscurité ; je me consacrerais à l'art, dans la solitude, et loin de la sanglante expiation de la publicité.

— Encore est-ce de l'art que vous faites, ajouta une voix douce et tendre. Moi, hélas ! que Dieu a créée poète, il me faut repousser les vers qui tombent de mes lèvres, et dans le rhythme desquels mes pensées se formulent, pour écrire péniblement de la prose. On ne veut plus acheter mes vers. Du moins cette prose, contraire à ma nature et à mon talent, me rapporte à peu près autant que gagnerait une habile lingère ; quant à mes vers, je vous l'ai dit, on refuse de les payer... J'ai bien souvent regretté de ne pas savoir mieux manier l'aiguille !

— Mais l'art n'est donc ni la fortune, ni le bonheur pour une femme ?

— Le bonheur ? demandez à celles de nous qui sont jeunes, qui sont belles, qui sont riches... Hélas ! pauvre ignorante, vous ne savez donc pas que la vie littéraire dépasse, par ses émotions et par ses luttes, les forces d'une femme ? Ainsi que les guerrières du moyen âge, il faut qu'elles se fassent hommes, pour supporter de si rudes combats; si elles ne triomphent pas comme Clorinde, cette mâle aventurière, elles succombent, comme Herminie, sous le fardeau d'une armure trop lourde. Le moindre choc les renversera dans la mêlée; elles seront écrasées et foulées aux pieds, sans que personne prenne garde à elles. Choisissez donc : androgyne, ou vaincue.

Et chacune ajoutait sa douleur à cette énumération de douleurs; et toutes n'avouaient pas en entier leurs souffrances! Elles ne révélaient pas les plaies cachées de leurs cœurs; elles ne disaient pas de quel prix souvent elles avaient payé la renommée; elles se taisaient sur les erreurs, les fautes, les remords et les expiations que leur avait valus un amour insensé de la gloire.

Au milieu de ce concours de douleurs et de lamentations, Joanna sentait son cœur se briser, et son courage l'abandonna.

— O ma Frise, ma douce Frise! pensait-elle, comme il me tarde de te revoir!

Combien je voudrais me retrouver près de mon fiancé, au bord d'un de tes lacs brumeux, et ma tête couronnée du cercle et des fleurs du *Cap-oor*!

Elle resta pensive et rêveuse le reste de la soirée. Ni la célébrité des personnes qui l'entouraient, ni l'intérêt qu'elles lui témoignaient, ne purent ramener sa gaîté. Comme la biche de Virgile, elle portait en son flanc un trait mortel, que rien ne pouvait en arracher. D'ailleurs, mille choses la froissaient encore dans les habitudes de ce monde littéraire; c'était le besoin d'épigrammes et de raillerie, qui jaillissait en étincelles de toutes parts. Rien n'était épargné : ses admirations les plus grandes se trouvaient à chaque instant profanées ou détruites ; on l'obligeait à briser ce qu'elle avait adoré, mais on ne lui donnait pas à adorer ce qu'elle avait brisé. Loin de là, on ne plaçait aucun dieu sur les autels qu'on venait de faire vides; le piédestal restait veuf de sa statue. Joanna comprenait enfin combien elle était loin encore de la renommée, à la faveur de laquelle elle avait cru s'être acquis des droits absolus et durables. L'horizon de la gloire reculait sans cesse devant elle ; ses yeux se dessillaient et s'ouvraient enfin à la lumière réelle ; aussi, le soir, quand elle se trouva seule, dans la voiture, avec sa mère, elle se jeta dans ses bras en pleurant.

— Retournons en Frise, ma mère ! Retournons dans notre doux et paisible pays, pour ne plus le quitter ; renonçons à une vie qui me fait peur !

Madame de Lewardeen répondit aux larmes de sa fille par des larmes.

— Hélas ! mon enfant, il est trop tard, répondit-elle. Il faut que tu marches en avant dans la voie où tu t'es engagée ; reculer n'est plus possible ; nos vaisseaux sont brûlés. Ce matin j'ai reçu la nouvelle que notre maison de Nicolaasga était vendue ; nous n'avons plus de salut que dans ton travail. Dix-huit mille francs, que mon homme d'affaires m'a envoyés, composent désormais tout ce que nous possédons au monde. En Frise, nous étions riches avec peu ; Paris a dévoré en une année notre petite fortune.

— Eh bien ! ma mère, je travaillerai, reprit Joanna, qui se sentit tout à coup pleine de force et de courage; je serai digne de vous et de votre dévoûment, ma bonne et sainte mère. Sans hésiter, vous avez vendu pour moi la maison qui formait toute votre fortune... Ma mère, votre espoir en moi ne sera point déçu. J'accepte la vie de lutte en face de laquelle je me suis placée. J'aurai de la force et du courage ; si je succombe , je me relèverai; je frapperai tant, qu'il me sera ouvert. La victoire, je le sens, m'est réservée après le combat ; je serai cette Clorinde dont on parlait tout à l'heure. Le vieux sang frison ne coule pas impunément dans mes veines. Ne changeons rien, en apparence, à notre genre de vie : pour tous, ayons les semblants d'aisance, supprimons seulement les prodigalités intérieures. Si l'on nous savait pauvres , on ne viendrait pas à nous ; si l'on nous croit riches, on nous recherchera avec empressement. Ah ! je sens la froide politique de ce monde, qui s'empare de mon cœur, et qui me donne l'énergie et la prudence qu'exige notre position. Il n'y a plus rien en moi de la Joanna la Frisonne. Loin de moi les préjugés, les erreurs, et la faiblesse ! J'ai un nom et une fortune à conquérir ; j'ai mis le pied sur le premier échelon, je gravirai les autres, sans vertige, hardiment, avec ardeur, avec certitude d'arriver au faîte. Rassurez-vous, ma mère, j'ai là, dans ma poitrine, une force surhumaine, qui s'éveille ; je défie à présent les luttes, les déceptions, les injustices, et le malheur lui-même !

CHAPITRE NEUVIÈME.

LE DOCTEUR.

Le docteur Samuel avait perdu celle qu'il aimait comme une sœur, et la jeune fille sur laquelle il plaçait toutes ses espérances de bonheur, d'une façon plus cruelle peut-être que si la mort les eût frappées; car elles l'avaient abandonné, elles l'avaient repoussé!

Quand il s'arrêtait à cette pensée, il sentait le sang monter avec impétuosité à son cerveau; son cœur battait impétueusement, et une fièvre ardente le dévorait. Alors, il avait recours au mouvement et aux bonnes œuvres. Il montait à cheval;

il allait de village en village visiter les chaumières, consoler les affligés, guérir les malades, et, suivant les sublimes et naïves paroles de l'Evangile, vêtir ceux qui étaientnus, désaltérer ceux qui avaient soif, et nourrir ceux qui avaient faim. Ni la nuit ni le jour il ne s'arrêtait : quelque éloigné que fût le lieu où on l'appelait, il n'hésitait pas à s'y rendre. Chacun s'émerveillait de sa charité et en parlait avec vénération. Cependant, on s'étonnait qu'un peu d'alliage se mêlât à tant d'or pur; on se demandait tout bas comment un si noble cœur pouvait être accessible à l'intérêt personnel.

En effet, le docteur Samuel, autrefois insoucieux d'argent, et qui semblait toujours se trouver trop payé, quand on le payait, mettait maintenant un prix à ses soins, et recueillait exactement, tous les mois, ses honoraires. Il apportait la même ardeur à soulager le pauvre et le riche, mais il fallait que le riche payât pour le pauvre. Du reste, hâtons-nous de le dire, on regardait cette modification opérée dans le caractère du docteur, plutôt comme une bizarrerie que comme un défaut, et elle n'avait rien altéré du respect que chacun professait pour ses hautes qualités et pour ses vertus.

Samuel employait toute la journée à parcourir le pays : quand il rentrait le soir, sa vieille servante le voyait s'enfermer dans son cabinet, à travers la porte duquel elle l'entendait compter son argent et le disposer dans de gros sacs qu'il envoyait régulièrement, toutes les semaines, à la ville. Les riches fermiers frisons rémunéraient largement les visites de Samuel : comme il jouissait dans le pays d'une popularité immense, il n'arrivait guère à l'un d'eux quelque maladie grave, sans qu'on fît appeler aussitôt le docteur de Nicolaasga, sinon pour donner des soins quotidiens que la distance rendait impossibles, du moins pour émettre son avis dans une consultation. De pareilles excursions valaient toujours à Samuel des honoraires considérables, qu'il portait lui-même à un tarif très-élevé. Une fois cette marche adoptée, six mois lui suffirent pour s'acquitter des emprunts que l'acquisition de la villa avait nécessités : il racheta ensuite les portions de terres qui avaient été vendues, et ne tarda point à rétablir le petit domaine tel qu'il était avant que la comtesse le morcelât. On présuma alors que le docteur, mû par le désir de posséder en entier l'ancienne propriété de madame de Lewardeen, une fois ce but atteint, allait s'arrêter et mettre trève à sa soif d'argent. Il n'en fut rien, et les suppositious se trouvèrent en défaut. Le docteur ne montra pas moins d'avidité; il sortit même de son insouciance et de son aversion pour les affaires, et s'associa à quelques entreprises qu'il fit prospérer par ses avis et par ses soins intelligents. Trois années, favorisées par les chances les plus heureuses, suffirent pour lui procurer une grande aisance, fort inutile du reste, puisqu'il ne changea rien à sa modeste manière de vivre. Loin de là, il cessa peu à peu d'acheter des fleurs rares pour sa serre, et de traiter avec les capitaines de vaisseaux qui débarquaient soit à Lemmer, soit à Harlingen, des oiseaux rares qu'ils apportaient des îles. Sans les cadeaux que lui faisaient ses amis, les serres et les volières se fussent dépeuplées peu à peu; mais on savait qu'il aimait passionnément ces objets, et que son goût nouveau pour l'or l'empêchait seul de s'en entourer. Tout en souriant de ce léger travers d'avarice, on ne voulait pas que cet excellent homme se privât lui-même de ses innocents plaisirs.

Du reste, le docteur Samuel n'était pas avare pour les pauvres, et n'avait en rien diminué ses aumônes; seulement, il apportait plus d'attention et de sévérité dans la manière de les distribuer. Comme autrefois, il ne les donnait plus avec un prodigue laisser-aller. Maintenant, il y regardait attentivement et de plus près; il ne se laissait plus surprendre par de faux semblants, et ne donnait pas à la paresse ce qu'il ne voulait accorder qu'au malheur; jadis on spéculait un peu sur sa bonhomie et sur sa faiblesse; maintenant, on redoutait la justesse impitoyable de son coup d'œil et la finesse de sa défiante réserve.

Trois années après le départ de la comtesse et de Joanna, une maladie épidémique se répandit dans la Frise. On avait desséché un grand lac de Nicolaasga, et les émanations putrides qui s'échappaient des marais mis à nu, jointes aux brouillards non moins malsains de l'automne, produisirent en abondance de ces redoutables fièvres typhoïdes qui frappent et qui tuent en quelques jours. Quelle que fût l'activité de Samuel, le péril la tripla encore. On le voyait sans cesse, allant d'un village à l'autre, amenant avec lui la consolation et l'espoir; on l'attendait partout comme un sauveur. Le gouvernement hollandais, alarmé des ravages causés par la maladie, avait envoyé des médecins pour la combattre, mais on refusait leurs secours pour solliciter ceux du docteur de Nicolaasga; on n'avait confiance qu'en lui. Cette confiance, du reste, n'était point le résultat d'un préjugé. Familier avec la nature du climat et le tempérament des Frisons, Samuel opérait des cures qui semblaient des miracles même à ses confrères d'Amsterdam et de La Haye. La sûreté de son diagnostic, la sagesse hardie de ses traitements, arrêtaient le mal dans ses progrès, le domptaient et en triomphaient presque toujours. Plus de quatre mille victimes du fléau durent la vie à Samuel. Aussi, quand l'épidémie cessa, quand, grâce au retour du printemps et d'une saison plus favorable, elle eut disparu avec les causes accidentelles qui l'avaient produite, le nom de Samuel était plus vénéré et plus populaire que jamais.

Quant à lui, son sang-froid mélancolique ne s'était pas troublé un moment; on ne l'avait vu ni s'inquiéter ni faiblir en face de la maladie. Toujours calme, toujours actif, il examinait le malade, prescrivait ce qu'il fallait faire, disait une ou deux bonnes paroles d'encouragement, et promettait de revenir bientôt. Il semblait se multiplier : souvent on le comparait au bienheureux Druon, saint flamand dont les protestants ont eux-mêmes gardé le souvenir, et qui, dans son ardente charité, trouvait moyen, durant la peste, de se trouver, à la fois, à la ville et à la campagne pour exhorter les mourants et leur donner sa bénédiction épiscopale.

Un soir que, suivant son habitude, le docteur Samuel disposait pluseurs sacs d'argent qu'il se préparait à envoyer à Amsterdam, chez son banquier, et qu'il énumérait avec complaisance les sommes considérables qu'il avait gagnées, sa gouvernante accourut lui dire qu'un étranger désirait lui parler. Samuel donna ordre qu'on introduisît de suite la personne qui venait le visiter aussi tard.

— C'est Monseigneur le gouverneur de la Frise, dit la Frisonne en saluant jusqu'à terre.

— Monsieur, dit le gouverneur, Sa Majesté a appris par moi le bien que vous avez fait au pays pendant que l'épidémie le désolait. Elle a voulu vous en témoigner elle-même sa satisfaction par une lettre autographe et par l'ordre du Lion-d'Argent. Voici la lettre et la croix que le roi m'a chargé de vous remettre. Chevalier Samuel Cordier, permettez-moi de vous donner l'accolade.

Le gouverneur embrassa Samuel ému, et attacha à sa boutonnière un ruban bleu à liséré orange, après quoi il remit au docteur la lettre du monarque.

Cette lettre, tout entière de la main du roi, félicitait et remerciait Samuel dans les termes les plus affectueux et les plus flatteurs; elle accompagnait un brevet qui donnait au docteur le titre de médecin particulier du prince. « Vous avez sauvé les enfants, c'est un devoir pour le père de vous adopter, » ajoutait le monarque en parlant de cette troisième faveur.

— Hélas! pensa tristement le docteur, ces grâces et ces récompenses sont sans joie pour moi, car je n'ai personne au monde pour s'en réjouir ni pour en prendre sa part.

Des larmes tombèrent de ses paupières, et ses yeux se tournèrent involontairement vers un portrait de Joanna qui se trouvait en face de sa table de travail. Tandis que le docteur se livrait à ces émotions, le gouverneur portait ses regards sur les sacs d'argent qui couvraient la table, et un sourire entr'ouvrait ses lèvres.

Puis, tendant la main à Samuel :

— Vous êtes un homme de cœur, que j'aime et que je vénère; je vous en ai donné des preuves irrécusables en sollicitant du roi les faveurs que Sa Majesté vient de vous accorder; permettez-moi donc de vous adresser une question; elle résoudra pour moi un problème inexplicable. Comment vous, qui êtes si noble et si généreux; comment vous, qui avez si longtemps professé un désintéressement sans exemple, avez-vous pu vous prendre d'une extrême passion pour l'argent? Tout le pays, comme moi, voit, sans le comprendre, ce problème.

Une vive rougeur se répandit sur les joues de Samuel; il hésita quelques instants, et reprit :

— J'ai fait un serment sur un lit de mort, et j'ai compris que, pour tenir ce serment, il fallait que je fusse riche; je le suis devenu.

— Je sais à quel serment vous faites allusion, mon cher docteur; chacun connaît votre histoire dans le pays, et on m'a conté votre dévoûment pour la famille de Lewardeen, comme aussi l'ingratitude qui vous en a récompensé. Mais le mariage de mademoiselle Joanna ne vous dégage-t-il pas de vos serments?.....

— Joanna! le mariage de Joanna! s'écria Samuel anéanti, comme s'il eût été frappé de la foudre.

— Pardonnez-moi, docteur, pardonnez-moi, mais je ne pensais pas que la comtesse eût poussé l'oubli des convenances jusqu'à former cette union, en vous la laissant ignorer. Quant à moi, je l'ai apprise par la demande que l'on m'a faite, par l'entremise de l'ambassade française, des papiers nécessaires au mariage de mademoiselle Joanna de Lewardeen avec le secrétaire du ministre, M. Frémicourt.

Samuel releva sa tête pâle et décomposée.

— Pardonnez à ma faiblesse, dit-il d'une voix brisée et faible. En voyant partir mademoiselle de Lewardeen pour la France, je comprenais bien que je la perdais à jamais! Et cependant, je ne sais quel vague espoir était resté à mon cœur qu'elle reviendrait un jour en Frise. Je redoutais pour elle la déception de ses espérances; je me disais : Elle reviendra à moi malheureuse, et je la consolerai... Dieu m'a puni de cette pensée égoïste; il lui a donné la célébrité qu'elle allait chercher; maintenant, il l'unit à un homme d'une haute position, et riche sans doute. Que la volonté de Dieu soit faite!

— Du courage, mon ami, du courage!

Samuel versa un torrent de larmes et reprit, après un long silence :

— Ne craignez rien : voici que j'en ai fini avec toute faiblesse ; la première crise passée, je me sens fort et résigné. Hélas ! je n'ai que trop l'habitude de la souffrance et du malheur.

En effet, sans la pâleur qui couvrait encore son visage, le gouverneur n'eût trouvé aucune trace de l'émotion cruelle qu'éprouvait Samuel. Eloignant toute allusion à la nouvelle fatale qu'il venait d'apprendre, il parla avec sang-froid des mesures à prendre dans le pays pour prévenir le retour de l'épidémie, et indiqua au gouverneur de nombreuses améliorations à apporter dans l'organisation des services sanitaires. Charmé de la haute intelligence de Samuel, le gouverneur, en prenant congé de lui, après un entretien de plusieurs heures, lui présenta la main, et lui dit :

— Monsieur, comptez sur moi comme sur un vieil ami. Je m'honore d'être le vôtre, et je vous demande, à titre de faveur, un peu de votre affection ; je suis un vieux soldat, et jamais je n'ai vu de courage semblable au vôtre ; il y a, certes, moins de bravoure à entendre siffler les balles autour de sa tête, et même à supporter une amputation, qu'à lutter contre le malheur comme je viens de vous le voir faire. Adieu, ou plutôt au revoir, car je compte bien vous visiter demain, et souvent, et toujours.

Quand le gouverneur l'eut quitté, Samuel alla s'agenouiller devant un crucifix d'ivoire, héritage vénéré de sa mère, puis, joignant les mains et courbant le front :

— Seigneur, dit-il, Seigneur, je n'ose vous demander d'abréger la durée des épreuves qu'il vous plaît de m'envoyer, et cependant je succombe sous le fardeau. Hélas ! votre divin Fils a détourné la tête du calice d'amertume, et moi, qui ne suis qu'un faible mortel, je vous tends les bras pour obtenir de ne plus m'abreuver de tant de fiel. Et vous, ma mère, vous qui entendez ma voix, demandez au Tout-Puissant, par les mérites du Rédempteur, que le jour de la liberté luise enfin pour moi et me réunisse à vous dans l'éternité.

Depuis cette soirée funeste, le docteur Samuel retomba dans sa première indifférence pour l'argent. Il négligeait les affaires auxquelles il s'était associé, et refusait les honoraires que ses clients lui offraient.

— Donnez cela aux pauvres, disait-il ; les pauvres sont mes trésoriers.

Quand on le rencontrait cheminant sur son cheval, on le trouvait la tête pensive et absorbée dans une rêverie profonde ; son œil ne s'animait que près du lit d'un malade. Alors son œil redevenait étincelant ; sa tête se relevait ; sa voix prenait de la fermeté, et il semblait rajeunir. Rentré chez lui, il s'affaissait sur lui-même et tombait dans une apathie profonde. Sans le zèle que mettaient sa vieille gouvernante, ses amis et ses voisins à entretenir le parc, les jardins, les volières et la petite ménagerie, la villa de Nicolaasga serait tombée dans un état absolu de dégradation, car son propriétaire ne s'en occupait en aucune façon ; il évitait même de s'y trouver, autant qu'il le pouvait, sortait au point du jour, et ne rentrait que bien avant dans la nuit.

Le gouverneur, qui l'avait pris en vive affection, venait souvent le chercher pour l'accompagner dans ses excursions ou pour l'emmener à une maison de campagne peu éloignée de Nicolaasga. Insensiblement, Samuel établit son domicile dans cette maison de campagne, et finit par ne plus revenir à son propre logis. L'amitié du gouverneur et de sa femme, jeune, bonne et spirituelle ; l'absence des lieux qui lui rappelaient Joanna, finirent par triompher de la tristesse de Samuel, et par lui rendre une sorte de sérénité. Jamais un sourire n'effleurait ses lèvres, mais il trouvait une grande joie à s'ébattre avec les enfants du gouverneur, dont il dirigeait en grande partie l'éducation. Samuel, pour leur complaire, s'était fait joueur de ballon et non moins habile fouetteur de toupie. Chaque jour il inventait un nouveau jeu, et on le voyait gravement occupé, quand il trouvait un peu de loisir, à éperonner de grelots un cerceau, ou à faire manœuvrer une armée de soldats de bois. Il savait faire marcher les études avec les plaisirs, et le précepteur avouait franchement que ses soins restaient improductifs en comparaison de ceux du docteur. Samuel trouvait une consolation extrême à ces occupations naïves; elles rafraîchissaient son cœur et adoucissaient l'amertume de ses souvenirs.

Deux ans s'étaient écoulés depuis cet heureux changement, et il y avait quatre ans que Joanna avait quitté la Frise, lorsqu'un matin Samuel entra précipitamment, au point du jour, dans la chambre du gouverneur.

— Mon ami, s'écria-t-il, il faut que vous me donniez sur-le-champ une preuve de votre affection.

— Vous savez le désir que j'ai de vous prouver mon amitié, cher docteur, parlez.

— Combien estimez-vous ma maison de Nicolaasga?

— Mais elle vaut environ vingt mille florins.

— Eh bien! achetez-la-moi pour dix mille florins; non! prêtez-moi dix mille florins, et chargez-vous de la vendre; cherchez à la vendre cher. Il me faut de l'argent, beaucoup d'argent! Sollicitez du roi une récompense pécuniaire pour les services que j'ai rendus au pays. N'avez-vous point ici quelqu'un d'intelligent qui puisse recueillir, dans la contrée, tous les honoraires qui me sont dus?... De l'argent! de l'argent! Je donnerais, monseigneur, ma vie pour de l'argent.

— Qu'avez-vous, cher docteur? d'où vous viennent ces idées et cette agitation?

— On demandait naguère un médecin qui voulût partir pour les possessions hollandaises de Surinam. Si l'on veut me payer richement et à l'avance, je solliciterai cette place pour moi. Je partirai dans quelques semaines; sitôt que je serai de retour de France, continua Samuel sans entendre les questions du gouverneur. En attendant, donnez-moi dix mille florins. Je vous les demande à genoux.

— Rien n'est plus facile. Voici un mandat de cette somme sur mon banquier d'Amsterdam.....; mais ce voyage en France!...

— Une heure, une minute de retard sont des crimes pour moi. Adieu, je vous écrirai; adieu.

Il prit le mandat de dix mille florins, s'élança sur un cheval qu'il avait donné ordre de seller, et partit au grand galop, laissant le gouverneur dans la plus grande surprise, et se demandant avec inquiétude si la raison du docteur n'était pas altérée.

Cependant, Samuel pressait violemment son cheval, dont il labourait les flancs à coups d'éperons. La pauvre bête finit par s'abattre, épuisée par la fatigue et par la rapidité d'une course insensée. Samuel se releva, et courut à l'habitation voisine d'un fermier.

— J'ai naguère sauvé la vie à ta fille, lui cria-t-il; donne-moi un cheval, si tu veux, à ton tour, sauver la vie de ton bienfaiteur.

Le paysan sella aussitôt un cheval, et Samuel repartit avec la même rapidité forcenée.

Il arriva enfin à Lemmer; le bateau à vapeur venait de quitter le port depuis quelques minutes.

— Cent florins au matelot qui me fera rejoindre le steam-boot, s'écria le docteur.

— Je le ferai, non pour de l'argent, mais parce que vous avez guéri mon père, répondit un matelot.

Samuel s'élança dans le canot du marin;

celui-ci fit force de rames. Le capitaine du bâtiment vit les signaux de Samuel, et, le reconnaissant, aussitôt il donna l'ordre d'arrêter; la nacelle vint aborder le bateau à vapeur.

— J'ai fait pour vous ce que je n'eusse pas fait pour le gouverneur lui-même, dit le capitaine; mais sans vous j'aurais perdu mon bras droit, et je serais dans l'impossibilité de gagner mon pain.

— Merci, camarade, lui répliqua le docteur; si tu veux encore me prouver ta reconnaissance, presse la marche de ton bâtiment.

— Je sauterai, ou je gagnerai quatre heures, dit le vieux loup de mer; et il alla donner des ordres au chauffeur.

Le bâtiment partit aussitôt avec une rapidité de flèche; ce ne fut pas quatre, mais sept heures qu'il gagna. Samuel, qui n'avait cessé de témoigner la plus vive impatience durant la traversée, s'élança du bateau, courut chez le banquier du gouverneur, y prit dix mille florins, partit en poste pour Rotterdam, s'installa sur le bateau à vapeur qui se rendait immédiatement à Anvers, et se fit conduire, par le chemin de fer, jusqu'à la frontière française. Là, il reprit des chevaux de poste et arriva enfin à Paris, semant l'or à pleines mains pour gagner quelques heures.

— Où monsieur veut-il qu'on le conduise? demanda le postillon.

— Rue de Saint-George, n° 18.

Le postillon obéit, et les chevaux, ruisselant de sueur, s'arrêtèrent devant la maison de la rue Saint-George.

— Madame la comtesse de Lewardeen? demanda au concierge, Samuel, qui s'était précipitamment élancé de la chaise de poste.

Le concierge répondit froidement :

— Je ne connais point ce nom ; la personne que vous demandez ne demeure point ici.

— Mais elle y a demeuré, et vous pouvez m'indiquer sa nouvelle adresse.

— Il est vrai que je ne suis concierge de cette maison que depuis dix-huit mois : peut-être ce que vous me dites sur le séjour de cette dame ici est-il exact; je vais m'en informer.

En effet, il questionna deux anciens

locataires. Madame de Lewardeen avait quitté l'appartement depuis deux ans pour aller en occuper un autre rue de La Rochefoucauld.

Samuel remonta en voiture et se fit conduire rue de La Rochefoucauld. La comtesse et sa fille n'y avaient fait qu'un séjour de six mois; elles avaient laissé ignorer, en partant, leur nouvelle adresse. La seule chose qu'on eût pu savoir, c'est qu'elles passaient la Seine et allaient s'établir de l'autre côté de l'eau.

Samuel ne put réprimer un geste d'impatience et de douleur. Après un moment de réflexion, il ordonna au postillon de tourner bride et de se rendre au ministère, chez M. Frémicourt.

Chez M. Frémicourt? reprit d'un ton goguenard le concierge, qui avait entendu cet ordre; monsieur ignore donc que depuis quinze jours le ministère dont M. Frémicourt faisait partie a été renversé?

— Alors, qu'on me mène à sa maison.

— Sa maison est voisine de la nôtre; la voilà, un peu plus bas dans la rue; mais vous n'y trouverez personne. Harelé par ses créanciers, ruiné par des péculations sur les rentes, M. Frémicourt dû partir précipitamment avant l'expiation du délai qui assure l'inviolabilité es pairs de France après la fermeture es Chambres.

— Que faire? quel parti prendre, mon Dieu?

— Avoir recours à la police; on vous donnera sans doute l'adresse de la peronne que vous cherchez.

Samuel courut à la police; là, enfin, il pprit l'adresse de madame de Lewardeen; 'était au fond du faubourg Saint-Jacques, ans une de ses petites rues latérales.

Quand il y arriva, la nuit commençait couvrir Paris, et le docteur eut quelque eine à trouver la maison qu'on lui avait nseignée. C'était une de ces grandes habitations pauvres et froides d'aspect, dans esquelles se pressent des centaines de amilles d'artisans.

En entrant, il demanda :

— Madame la comtesse de Lewardeen?

— La comtesse! goguenarda le portier; ne comtesse! sapristie de comtesse, va!

Montez au sixième étage ; vous trouverez un petit escalier ; la troisième porte à gauche, au fond du corridor. Vous serez chez la comtesse ! La comtesse ! répéta-t-il encore une fois ; la comtesse !

Samuel gravit l'escalier aussi vite qu'il le put ; l'aspect de la maison, les stupides plaisanteries de cet homme lui glaçaient le cœur ; il monta un escalier raide, humide, glissant, malpropre, et que rien n'éclairait. Arrivé tout en haut, il chercha à tâtons, compta les portes, et frappa quand il crut avoir trouvé la chambre qu'il cherchait.

Une femme vint ouvrir, une lumière à la main. A la vue de Samuel, elle laissa échapper une plainte sourde, et pensa défaillir. Quant à lui, il regardait cette femme avec terreur et presque sans la reconnaître. En effet, la souffrance et la misère avaient cruellement altéré les traits de madame de Lewardeen ; ses cheveux, devenus gris, étaient enveloppés d'un mauvais mouchoir ; sa robe tombait en haillons ; les plus rudes et les plus humbles travaux avaient noirci ses mains, maintenant calleuses et déformées.

— Samuel, dit-elle, Samuel! vous ici, mon ami! C'est Dieu qui vous envoie pour achever notre expiation et notre châtiment. Gardez-vous d'entrer et de vous montrer brusquement à Joanna. Si elle n'y était point préparée, votre vue la tuerait. Hélas! le mal qui la consume n'a fait déjà que des ravages trop cruels; il ne faut point les activer. Depuis trois mois, une fièvre lente la dévore. On ne passe pas impunément les jours et les nuits à travailler!

— Quoi! le sort vous a réduites à cette triste situation?

— Joanna n'a point dormi depuis trois nuits, et ce n'est pas seulement la maladie qui l'a tenue éveillée, c'est le besoin de travail: il fallait terminer une broderie, pour payer notre misérable loyer, et avoir du pain. Nous étions sans ressources; le Mont-de-Piété avait englouti nos derniers meubles... Enfin, nous avons terminé cette broderie, et Joanna, vaincue par le besoin de sommeil, est tombée sur son lit, où, grâce à Dieu, le sommeil est venu lui donner un peu d'oubli et de repos.

Samuel pleurait.

— Mais comment avez-vous appris notre détresse? car nous voulions la dérober à tous les yeux, et la laisser ignorer à vous surtout.

— Une phrase de journal me l'a apprise.

« Un jeune poëte du plus haut talent,
« y disait-on, se meurt dans la misère :
« le ministre, qui naguère se montrait si
« empressé de lui offrir le bras, à l'Aca-
« démie, ne songe même pas à assurer du
« pain à mademoiselle Joanna de Lewar-
« deen. »

— Quoi! notre misère et notre humiliation sont à ce point publiques? Justice divine! notre châtiment jaillit de notre faute même!

Ecoutez-moi, Samuel, écoutez-moi, vous qui êtes accouru de la Frise pour venir en aide à deux infortunées si coupables envers vous; écoutez-moi : je vais tout vous dire, ce sera encore une expiation... Quand Joanna fut couronnée par l'Académie, on nous croyait riches, et, en effet, la manière dont nous vivions devait faire croire que nous possédions une brillante aisance. Hélas! nous dévorions le peu que nous possédions! Dans notre espoir insensé, nous supposions que bientôt les travaux littéraires de Joanna nous rendraient au centuple ce patrimoine jeté si follement au vent... Plus d'une fois nous regardâmes avec terreur l'abîme ouvert sous nos pieds, mais il était trop tard pour y échapper ; et puis, un reste d'espérance et de déception nous empêchait toujours d'arrêter.

Les libraires et les directeurs de journaux ne venaient point chercher Joanna; quand elle alla à eux, ils la reçurent avec dédain.

— On n'est pas célèbre, et on n'a pas un brevet de talent pour avoir été couronnée à l'Académie, lui dirent plusieurs de ces hommes; et puis, où voulez-vous trouver des acheteurs ou des lecteurs pour des vers?

Joanna résolut de faire imprimer à ses frais un volume de poésies; ce volume passa inaperçu : les personnes auxquelles elle l'offrit lui en adressèrent de stériles félicitations, mais pas dix volumes ne s'en vendirent. Cette dépense d'impression acheva notre ruine. Après avoir pris un appartement plus modeste, il fallut encore nous réfugier dans un plus humble. La plupart de ceux qui se disaient nos amis s'étaient retirés de nous, non que nous leur eussions fait confidence de notre triste position, loin de là, nous la dérobions à tous les yeux comme une honte; mais la misère se trahit, de quelque voile qu'on cherche à la couvrir. Déjà, depuis longtemps, un jeune homme, qui avait feint pour Joanna la passion la plus vive, après l'avoir demandée en mariage, s'était brusquement retiré. Dès qu'il connut notre situation véritable, il nous traita avec mépris, et se joua de nous. Hélas! nous ne méritions que trop ce châtiment de notre ingratitude envers vous... Que vous dirai-je? nos ressources épuisées, il fallut recourir aux dettes, car notre travail ne pouvait suffire à nos dépenses, quelque réduites qu'elles fussent. Des dettes! oui, Samuel, la veuve et la fille du comte de Lewardeen se virent réduites à vivre de cette épouvantable ressource. Que d'humiliations il fallut supporter, que de calices d'amertume il fallut boire jusqu'à la lie! Un jour, on recourut aux tribunaux; des huissiers saisirent nos meubles, on nous chassa, et il fallut venir nous réfugier dans ce grenier, où nous n'avons d'espoir que dans la mort. Dieu daigne l'accorder bientôt à nos vœux!

— Plus de ces fatales pensées! Il faut repartir avec moi pour la Frise, où le bonheur et le repos nous attendent encore.

Madame de Lewardeen sourit tristement.

— Du bonheur! répéta-t-elle, du bonheur! Attendez, pour prononcer ce mot, d'avoir vu Joanna..... Elle dort: entrez doucement et sans bruit, et puis vous parlerez ensuite de bonheur, si vous l'osez.

Elle ouvrit, en disant cela, la porte, et éclaira, des reflets vacillants de sa chandelle fumeuse, le lieu obscur dans lequel elle introduisait Samuel. Samuel se sentit glacé d'épouvante: une mauvaise table et deux chaises formaient seules l'ameublement de ce grenier, qui prenait jour d'une fenêtre unique. Sur la table, se trouvaient un carreau et des fuseaux à dentelles; on voyait, à côté, un pain, et je ne sais quels débris de viande, connus parmi les pauvres ouvriers sous le nom hideux de *regrats*. Cependant Samuel cherchait des yeux Joanna. La comtessse fit un signe, et lui montra la jeune fille étendue sur une paillasse, sans draps, sans couverture, et qu'on avait placée dans l'angle le plus reculé de la fenêtre. Joanna gisait tout habillée sur cette couche; sa mère avait couvert ses pieds d'un vieux manteau. Samuel s'agenouilla sans bruit, approcha la lumière de la jeune fille, et la regarda en silence. Il ne restait plus rien, à cette enfant, de la beauté qui jadis la faisait si justement admirer de tous. La pauvreté avait tout détruit : les yeux caves, le front sillonné de rides précoces, une pâleur livide couvrait ses traits amaigris. Son sommeil était inquiet et entrecoupé par des mouvements spasmodiques; à voir la sueur glacée qui baignait son visage, on comprenait qu'elle était en proie à une fièvre violente.

— Mon Dieu! murmura Samuel, mon Dieu! était-ce ainsi que vous deviez me la rendre?

Un instant son courage parut l'abandonner, mais après avoir donné cours à sa douleur, il retrouva de la force et du sangfroid.

Prenez cette bourse, dit-il à madame de Lewardeen, choisissez un appartement convenable dans le voisinage; il faut à l'instant arracher cette infortunée de ces tristes lieux. Ou plutôt, dit-il, laissez-moi me charger de ces soins; disposez tout, pour que dans un quart d'heure Joanna puisse être transportée hors d'ici. Si elle s'éveille, préparez-la doucement à me revoir.

Il sortit, et madame de Lewardeen, restée seule avec sa fille, se pencha vers elle pour l'embrasser. Joanna ouvrit les yeux, regarda sa mère, et laissa retomber sa tête. Dix minutes après, quand Samuel revint pour l'emmener, elle était en proie à un violent délire; elle resta insensible au mouvement qui se faisait autour d'elle, et se laissa transporter sans paraître apercevoir qu'elle changeait de demeure.

Samuel avait fait préparer à la hâte un appartement convenable. Il donna ordre de mettre Joanna au lit; il avait eu le soin de se procurer du linge et des vêtements pour la jeune fille et pour sa mère.

— Maintenant, dit-il, quand toutes les dispositions d'installation furent terminées, laissez-moi seul avec la malade; il faut que j'étudie les symptômes de son mal, pour les combattre. Qu'un domestique se tienne dans la pièce voisine, prêt à recevoir mes ordres et à aller chercher les médicaments dont je pourrais avoir besoin.

On lui obéit.

Resté seul avec Joanna, il s'assit près du lit, prit le bras de la jeune fille dans ses doigts, et se mit à interroger silencieusement les battements de son pouls.

Joanna, toujours en proie au délire, ne s'apercevait point de la présence de Samuel; seulement, de temps à autre, elle soulevait la tête, jetait autour d'elle des regards éperdus, et murmurait des mots entrecoupés et inintelligibles.

CHAPITRE DIXIÈME.

REPENTIR.

Cet état persista huit jours, durant lesquels Samuel ne quitta pas d'un seul instant Joanna. Sans cesse les yeux attachés sur elle, il épiait les symptômes du mal et les combattait pas à pas ; enfin, la victoire lui resta : un mieux sensible se manifesta ; la fièvre perdit de sa violence ; les symptômes alarmants devinrent plus rares. Un matin, après une nuit calme, Joanna appela sa mère, souleva la tête et porta autour d'elle des regards surpris. Samuel, pour la première fois depuis une semaine, était allé prendre du repos dans un appartement voisin.

— Ma mère, demanda la jeune fille d'une voix faible, et en cherchant à rappeler ses souvenirs ; ma mère, notre pauvreté a donc cessé, ou bien toutes les affreuses pensées qui se pressent dans ma mémoire sont-elles des rêves ?

— Un ami est venu à notre secours, mon enfant ; Dieu merci !

— Des aumônes ! encore des aumônes ! Ah ! la mort valait mieux que cette humiliation.

— La main à qui nous devons notre bien-être, à qui vous devez la vie, Joanna, peut nous secourir sans que nous en rougissions ! Samuel...

— Samuel ! il sait ma honte, ma misère ! Samuel !... oh ! je sens à cette pensée ma tête se briser ! Mon mal va me ressaisir. Samuel ! Samuel ! oui, je l'ai entrevu à travers mon délire ; j'ai senti sa main brûler la mienne ! Samuel ! Samuel !...

Madame de Lewardeen ne put qu'avec peine ramener du calme dans l'esprit de la pauvre malade, et resta longtemps inquiète sur la crise qui ne tarda point à survenir. Le docteur parvint à en apaiser les fâcheux effets, et le lendemain Joanna, plus calme et sans autre souffrance qu'un profond abattement, put recevoir Samuel. Elle lui tendit sa main et il la serra en silence, tandis que de grosses larmes coulaient lentement sur ses joues livides.

Pendant la première période, Samuel habitua insensiblement Joanna à sa présence, mais il évita d'avoir avec elle des entretiens de quelque durée. Il prit soin, surtout, d'éloigner tout ce qui pouvait faire allusion au passé. Chaque fois qu'elle voulait elle-même évoquer ces souvenirs, il le lui interdisait aussitôt avec bonté, et de son autorité de médecin. Il détournait encore son attention par des moyens tendres et ingénieux, et l'entourait de ces mille bagatelles dont la convalescence rehausse le charme. Ainsi, l'appartement se trouvait rempli de fleurs, mais de fleurs inodores, pour que les parfums ne pussent pas affecter le cerveau débile encore de Joanna; elle n'avait pas le temps de former un désir, qu'il ne se trouvât accompli comme par enchantement. Un matin, que le soleil tiède et brillant promettait une belle journée, Samuel proposa une promenade en voiture. Joanna accepta avec joie, et peu d'instants après les chevaux d'une calèche piaffèrent sous les fenêtres.

Madame de Lewardeen et sa fille se placèrent en face de Samuel, et les chevaux partirent rapidement. La jeune fille semblait renaître au mouvement de la voiture, et à la vivacité d'un air pur et libre; cet air produisit d'abord sur elle une sorte d'enivrement, mais peu à peu elle se sentit devenir forte et calme; les joies sublimes de la convalescence l'inondaient de toutes parts.

— Mon ami, dit-elle en prenant les mains de Samuel dans les siennes, jusqu'à présent, vous m'avez interdit toute allusion au passé ; maintenant, il faut que j'y reporte courageusement mes regards : ce sera l'expiation de ma faute et de mon ingratitude.

Samuel voulut l'interrompre.

— Non, il faut que vous sachiez tout, insista-t-elle avec fermeté ; ma mère ne vous a pas tout dit ; elle ne vous a point conté comment ce mariage, qui me ren-

ait foi-mentie à mes promesses envers
ıon fiancé, avait été projeté et conclu,
ar M. Frémicourt, à mon insu.

Un matin, il entra chez ma mère.

— Je viens, dit-il en souriant, parler
'un projet qui renversera bien des idées
omanesques. Joanna voudrait garder,
ans doute, une fidélité, importune pour
lle, à son fiancé d'autrefois. Ce sont là
es préjugés grossiers qu'il faut laisser
n Hollande. Je lui amène un autre
ancé, et de mon autorité de ministre, je
onclus le mariage de Joanna et de mon
ecrétaire intime, le capitaine Jansens.

—Mes premières paroles furent un refus;
ıais M. Frémicourt insista, et voulut
ous démontrer cruellement combien tout
ous séparait de vous. Il ajouta : Une pa-
eille affaire doit être conclue rapidement
t enlevée d'assaut. Aussi, pour ne vous
ıisser ni à l'une ni à l'autre le temps de
ous reconnaître, j'ai fait venir de la
'rise les papiers et les actes nécessaires.
A Paris, chère poète, un mariage n'est
as un roman, comme dans votre vieille
rovince. Jansens vous aime, et ne sau-
ait vous déplaire, car je vous ai vue sou-

vent trouver du goût à ses manières élégantes et à son spirituel entretien; de chaque côté, la fortune...

— La fortune? repris-je. Monsieur le ministre, cette fortune que vous me supposez, je ne la possède point.

— Mais le train de maison que vous menez, tout annonce...

— Une aisance que nous n'avons point. Dans un espoir insensé, nous avons dissipé tout le patrimoine de mon père; la gêne et la pauvreté se tiennent assises déjà au seuil de notre porte.

Le ministre balbutia, changea de langage, et ne parla plus de cette union qu'il désirait avec tant d'ardeur pour son protégé... Bientôt, Samuel, il fallut renouveler, aux yeux de tous, l'aveu cruel que nous avions fait à M. Frémicourt. Cet aveu, nous le fîmes, en renonçant tout à coup au genre d'existence que nous menions. Depuis longtemps notre voiture était supprimée; nous nous vîmes réduites à prendre un appartement plus petit, et à vendre une partie de notre mobilier; le petit appartement devint encore trop cher; les dettes arrivèrent avec leurs emarras et leur honte. Beaucoup de ceux ui se montraient assidus près de nous, uand la fortune semblait nous sourire, essèrent de nous voir; le ministre luiıême changea de manière à notre égard; hacun voyait écrit sur notre front le mot ıisère, et cependant il fallait supporter ans murmure ces humiliations, car cesser de voir le monde, c'était perdre le lernier espoir qu'il nous restât de gagner ın peu de réputation... La réputation, our nous, c'était du pain. Que de fois 'ai dévoré les regards insultants et les ourires railleurs qu'attiraient ma chausure humide de boue ou mes humbles vêements! Car, Samuel, la pauvreté nous étreignait déjà au point de ne pas nous ermettre de payer le prix d'une course le voiture!... Et il fallait paraître ne rien comprendre à ces affronts, les subir en silence, sourire et dire des vers. Puis, la soirée terminée, si quelqu'un ne prenait pas pitié de notre misère et ne nous ramenait pas dans sa voiture, nous en étions réduites à traverser tout Paris, la nuit, seules, à pied, exposées à la pluie, au froid, aux insultes! Parmi les personnes qui se montraient compatissantes et bonnes pour nous se trouvait la princesse Matthiœsen, noble dame étrangère que j'avais rencontrée chez M. Frémiconrt quand il nous recevait encore. Presque toujours, elle nous ramenait dans sa voiture. Un soir, elle prit dans mes mains le portefeuille qui contenait mes manuscrits; quand elle me le rendit, je sentis ce portefeuille plus lourd. Rentrée chez moi, je l'ouvris... Madame de Matthiœsen y avait glissé une bourse pleine d'or... Elle m'avait fait l'aumône! L'aumône! Tout mon être se révolta... Mon premier mouvement fut de renvoyer cette bourse... Hélas! ma mère souffrait du froid, nous manquions de bois, et puis des créanciers, pour de petites sommes, nous harcelaient chaque jour; je gardai la bourse en pleurant.

Bientôt, il ne nous fut plus possible de sortir de notre mansarde. Il fallut recourir à notre aiguille pour vivre. On ne voulait nulle part de mes travaux littéraires; on me disait partout : Quand vous vous serez conquis un nom, revenez... Plus d'une fois, je sentis l'horrible pensée du suicide arriver jusqu'à moi : je la repoussai avec horreur ; malgré mes prières à Dieu, elle revenait. Ma mère et moi, nous passions les nuits et les jours à faire de la dentelle, à coudre, heureuses encore quand le travail ne nous manquait pas...

— Et moi ? moi ! interrompit Samuel, pourquoi ne pensiez-vous point à moi ?

— A vous, Samuel ? oui, j'aurais dû le faire ; mais la honte, mais l'orgueil... il faut que j'avoue toute l'étendue de ma faute... me retenaient. Oui, mon généreux ami, j'aurais rougi de jeter vers vous un cri de détresse... Et vous êtes venu me sauver de la mort ! vous êtes arrivé comme un ange protecteur près de l'ingrate qui vous avait si cruellement outragé. Oh ! comment vous prouverai-je mon repentir et ma reconnaissance ?

— En repartant avec moi pour la Frise.

Joanna tressaillit.

— La Frise ! ma douce et bien-aimée Frise ! s'écria-t-elle.

— Je n'ai pas un sort bien brillant à vous y offrir, ajouta Samuel, mais vous y trouverez une retraite paisible et une existence à l'abri des agitations qui vous ont si durement éprouvées. Voulez-vous, dites, Joanna, voulez-vous repartir demain avec moi pour la Frise?

Joanna porta, avec émotion, la main de Samuel à ses lèvres.

— Vous êtes un ange du ciel, mon ami! Quand partirons-nous?

— Demain, si vous le voulez. Voici le printemps, et le printemps est bien doux sur les rives de Nicolaasga.

A ce nom, les deux femmes se regardèrent avec douleur.

— Partons, Samuel, dit la comtesse, partons. Et cependant, ma fille et moi, nous ne reverrons pas sans chagrin les lieux où nous avons naguère été riches et heureuses. Jamais je ne pourrai passer impunément devant la maison de mon mari sans que mon cœur se brise.

Samuel ne répondit pas.

— N'importe! continua Joanna. Quelle que soit notre existence en Frise, elle sera heureuse, puisqu'elle se trouvera sous la protection de Samuel. Oui, mon ami, je me sens contente et sereine de devoir tout à votre amitié; tout, jusqu'au pain que nous mangerons, jusqu'au toit sous lequel s'abritera notre tête... Douce et cruelle expiation de nos erreurs !

Samuel sourit et répondit :

— Nous partirons demain tous les trois pour la Frise ; mais c'est chez vous, et non chez moi que vous vous rendrez.

La comtesse et Joanna le regardèrent avec surprise.

— Oui, continua-t-il, tandis que vous luttiez contre la pauvreté à Paris, la fortune vous arrivait de l'Allemagne et vous attendait dans la Frise. Déjà, depuis longtemps, vous auriez su cette heureuse nouvelle, sans le soin que vous aviez pris de cacher votre adresse à toutes les personnes que vous connaissiez.

— Que dites-vous, Samuel?

Il reprit avec fermeté :

— Je dis que vous vous exagérez la reconnaissance que vous croyez me devoir. Je n'ai d'autre mérite que celui d'être venu moi-même vous annoncer une bonne nouvelle. Une tante de votre père le comte de Lewardeen, la marquise de Valdenkren, la parente qu'avait le plus offensée ce qu'elle nommait la mésalliance de son neveu, n'a pas gardé de sentiment de haine et de colère au lit de la mort. Elle vous a légué par son testament une somme de cinquante mille florins.

Seigneur! Seigneur! soyez béni! s'écria la comtesse en élevant les mains au ciel!

— Et pourquoi ne nous avez-vous point plus tôt appris cette heureuse nouvelle? demanda Joanna.

Le docteur rougit.

Au milieu du trouble où m'avait jeté votre maladie, inquiet pour vos jours, désespéré de la triste situation qui vous avait causé tant de cruelles épreuves, j'ai attendu jusqu'aujourd'hui. Et puis, je voulais que vous pussiez l'apprendre de ma bouche. Je voulais être témoin de votre bonheur et de votre joie...

Samuel, interrompit Joanna, vous faites un noble et saint mensonge; mais il est inutile. Je sais que la tante dont vous parlez est morte; mais je sais encore qu'elle n'a eu, dans ses derniers moments, ni pardon pour mon père, ni pensée d'affection pour moi. La princesse Matthiœsen m'avait appris que la marquise de Valdenkren était morte depuis onze ans. Je sais plus encore : je sais que par votre travail et par votre talent vous avez conquis de la fortune. Généreux et dévoué, vous voudriez aujourd'hui nous tromper et nous ôter jusqu'à la reconnaissance, en nous comblant de vos bienfaits. Non, Samuel : ces bienfaits, nous les acceptons hautement, sans rougir, avec bonheur. Vous nous donnerez un asile chez vous ; nous serons vos hôtes. Ma mère redeviendra une mère pour vous ; moi, je serai, comme par le passé, votre sœur.

Ma sœur ? reprit-il douloureusement.

Votre sœur ! affirma-t-elle avec fermeté.

Samuel ne put réprimer un geste de douleur ; mais il sut bientôt, par un effort énergique, reprendre les apparences du calme et de la sérénité.

Quatre jours après, la comtesse, Samuel et Joanna se mirent en route pour la Frise. Il fut résolu qu'on voyagerait à petites journées pour ne point trop fatiguer la convalescente, et que la voiture de poste qui les emmenait s'arrêterait aux approches de la nuit, pour ne repartir que le lendemain : ce fut ainsi qu'ils arrivèrent à Anvers.

A Anvers, ils s'embarquèrent pour Rotterdam sur un bateau à vapeur. Jamais on n'avait vu une plus belle matinée; le ciel était d'un bleu étincelant et sans un seul nuage; l'Escaut, calme et transparent, s'ouvrait par un large sillon sous la proue du steam-boot, et venait s'engouffrer avec un murmure mélancolique dans les roues mises en mouvement par la machine à vapeur. Joanna ne tarda point à sortir du pavillon avec sa mère; toutes les deux vinrent s'asseoir à l'arrière, sous une tente qui les mettait à l'abri des ardeurs puissantes du soleil.

Chère Joanna, dit la comtesse, nous allons revoir enfin la Frise! Toutes nos fautes, toutes nos erreurs se trouvent maintenant réparées par la tendresse de Samuel!

Oui, repartit Joanna, il a été notre bon ange, comme il l'avait juré à mon père expirant. Il est accouru pour nous arracher à la misère et à la mort, et il voulait, par une délicatesse sublime, nous ôter jusqu'au sentiment de la reconnaissance, parce qu'il redoutait que notre bonheur ne nous fût pénible au prix de cette reconnaissance.

— Et tu n'as point hésité à lui causer un cruel chagrin, Joanna! Par un mot, tu lui as interdit à toujours l'espoir de devenir ton mari. Tant de vertus et de tendresse ne t'ont point arrêtée.

— Ma mère, dit Joanna en baissant les yeux, j'aime Samuel; je l'aime de toute la tendresse de mon âme; porter son nom, lui appartenir, serait pour moi le bonheur sur la terre. Mais il ne faut pas que Samuel soit le seul généreux et sans égoïsme. Celle qui deviendra sa femme doit être pure et irréprochable devant Dieu et devant les hommes. Il ne faut pas qu'elle ait besoin de pardon et d'oubli... Mon devoir est de protéger Samuel contre son amour pour moi. Si je l'épousais, ma mère, peut-être se souviendrait-il du passé; il regretterait que la mère de ses enfants ait pu, par l'appât de vains rêves de gloire, oublier les promesses qu'elle avait faites à son bienfaiteur.

Il le sait, je l'ai trahi pour un vain fantôme de gloire, et la pauvreté seule semble me ramener à lui aujourd'hui. Cette faute nous sépare à jamais, car elle est connue de tous ceux parmi lesquels nous revenons habiter, et ils ne l'oublieront pas comme eût pu l'oublier Samuel. Qu'il ne partage donc pas l'expiation de ma faute ; qu'il n'ait point à subir un regard douteux, une allusion maligne au passé... cette résolution m'est bien douloureuse, ma mère ; elle me déchire le cœur, je vous en fais l'aveu ; car j'aime Samuel, je l'aime comme jamais je ne l'avais aimé, de toute l'ardeur de mon âme, de toute la puissance de mes facultés. Je cacherai au fond de mon cœur un amour qui ne saurait le rendre heureux ; je chercherai et trouverai une jeune fille, belle, pure, irréprochable et digne de l'aimer : peut être alors écoutera-t-il ma prière, et consentira-t-il à devenir heureux sans moi.

Joanna, de tels sentiments sont d'une belle âme ; mais peut-être doivent-ils se modifier : Samuel t'aime, et tu t'exagères les conséquences de nos erreurs si cruellement expiées.

— Je ne mérite point d'être sa femme, et je l'aime assez pour lui causer des souffrances, plutôt que de lui laisser commettre une seule action indigne de lui!

Madame de Lewardeen chercha longtemps à la ramener à d'autres sentiments. Joanna persista dans sa résolution, et elle exprimait encore à sa mère son dessein irrévocable de ne jamais en dévier, lorsque Samuel, en remontant sur le pont, les interrompit.

On aurait dit qu'il venait d'apprendre d'heureuses nouvelles; la joie rayonnait sur son visage, et il faisait de vains efforts pour maîtriser ses heureuses émotions.

CHAPITRE ONZIÈME

DÉPART.

Samuel déclara qu'un séjour à Rotterdam était nécessaire à la santé de Joanna, et qu'il fallait, avant de gagner Amsterdam et de s'y embarquer pour la Frise, laisser écouler à peu près une semaine.

La comtesse et sa fille y consentirent sans regret. A mesure que la distance qui les séparait de Nicolaasga devenait moins grande, une tristesse profonde s'emparait d'elles et se faisait lire sur leur visage, malgré leurs efforts pour se la cacher mutuellement, et surtout pour la dérober aux yeux de Samuel. Chacune d'elles se disait tout bas qu'elle n'allait retrouver à Nicolaasga rien de la douce existence qu'elle y menait autrefois. La jolie villa au bord d'un lac immense, cette maison où le comte avait rendu le dernier soupir, appartenait maintenant à des étrangers ; il leur faudrait habiter désormais des lieux inconnus et sans souvenirs. Et puis elles auraient encore à supporter les reproches tacites de leurs voisins et l'humiliation de revenir pauvres parmi ceux qui les avaient connues dans une heureuse aisance, et qui professaient naguère pour elles une déférence respectueuse. Elles se disaient en vain que c'était là de justes expiations à leurs fautes, la pensée pénible qui les obsédait n'en revenait pas moins sans cesse obséder et affliger leur imagination. Plus d'une fois, elles se sentirent prêtes à reculer devant ces épreuves et à supplier Samuel de les laisser demeurer à Amsterdam ; madame de Lewardeen hasarda même quelques mots de ce projet à Joanna ; mais celle-ci supplia instamment sa mère d'y renoncer.

— Ce serait une nouvelle preuve d'ingratitude envers notre bienfaiteur que d'agir ainsi, dit-elle. Résignons-nous, ma bonne mère, aux conséquences de nos erreurs, quelque pénibles qu'elles soient, et tâchons surtout que Samuel n'ait point à s'en affliger en les apprenant.

Une semaine s'écoula à Rotterdam et à Amsterdam. La veille, au soir, du jour fixé pour le départ, Samuel apporta à madame de Lewardeen et à sa fille des costumes frisons; ils étaient d'une grande élégance, et les *cap-oor* étaient ceux que portaient, avant leur départ pour Paris, la comtesse et Joanna. Toutes deux, le lendemain matin, avaient revêtu ces costumes, lorsqu'elles s'embarquèrent sur un petit bateau à vapeur où ne se trouvaient point d'autres passagers qu'elles et le docteur.

— Vous le voyez, dit Joanna à Samuel, je me suis parée du costume frison que vous m'avez envoyé hier; mais vous n'avez pas songé, mon ami, qu'il était beaucoup trop riche et trop élégant pour voyager. Ce voile de dentelle, en magnifique angleterre; cette jupe et ce corset, en cachemire de l'Inde, conviendrait à merveille pour un jour de fête, mais non pour une journée à passer sur un bateau à vapeur.

Samuel sourit.

— Il faudra pourtant bien encore, dit-il, que vous passiez à votre cou ce collier de diamants, et que vous attachiez à votre bras ce bracelet dont le modèle a été fait par Eugène Simonis, célèbre statuaire de la Belgique. Hart, ce jeune graveur qui fait des chefs-d'œuvre, a consenti, par amitié pour moi, à le ciseler. Enfin, pour que le froid et l'humidité du Zuyderzée ne puissent jeter sur vos épaules sa dangereuse fraîcheur, placez-y ce manteau que m'a rapporté de l'Inde, pour vous, un capitaine de navire qui me devait la guérison de sa fille unique.

— Samuel, toutes ces douces prévenances augmentent encore mes remords et mon repentir.

— L'enfant prodigue, quand il revint chez son père, répliqua le docteur, n'avait ni remords ni repentir. Il savait quelle joie éprouverait son père en lui tendant les bras; ne suis-je pas pour vous un père?

Emue, elle lui tendit la main; Samuel la porta à ses lèvres,

Après quelques instants de silence, il prit une bible, et la remit à Joanna :

— Voici, dit-il, le consolateur et le guide des chrétiens ; consultez-le, interrogez-le jusqu'à ce que nous abordions à Lemmer et que nous revoyions Nicolaasga : il vous préparera aux émotions qui vous y attendent, et adoucira l'amertume qu'elles pourraient avoir pour vous.

Il posa le livre saint sur les genoux de la jeune fille, se retira dans le pavillon du steam-boot, et ne reparut plus sur le pont que pour aider les deux dames à descendre du navire, en face de leur villa de Nicolaasga ; car le bateau à vapeur remonta les canaux et le lac jusqu'à cet endroit. La nuit commençait à envelopper le rivage de ses ombres, et ne permettait de distinguer que d'une façon confuse un groupe qui s'entre-voyait devant la villa.

Au moment du débarquement, les personnes qui composaient ce groupe s'avancèrent, et la comtesse reconnut le pasteur du village : près de lui se trouvaient le gouverneur de la Frise, le bourgmestre et les plus riches fermiers du pays. Tous saluèrent les voyageurs : le pasteur tendit avec affection la main à Joanna, et le gouverneur présenta son bras à la comtesse. Il se forma ensuite comme une sorte de cortége, auquel le pasteur servait de guide. Le cortége se dirigea silencieusement vers un édifice peu éloigné, fort simple, et que Joanna ni sa mère ne purent reconnaître, car il avait été construit depuis leur départ de la Frise. Deux lampes éclairaient une grande pièce dans laquelle on entra : un vieillard se tenait devant des registres, la plume à la main, et prêt à écrire.

Le bourgmestre se plaça solennellement en face de Joanna et de Samuel; les témoins de cette scène prirent place de chaque côté des voyageurs.

Alors le vieillard remit sa plume à Joanna, et l'invita à signer des papiers qu'il lui présenta; vint ensuite le tour de la comtesse, de Samuel et des autres personnes, qui signèrent également.

Joanna avait voulu adresser une question, mais Samuel s'était empressé de l'interrompre par un geste mystérieux.

Maintenant que monsieur le notaire a terminé, dit le bourgmestre, nous allons procéder à la cérémonie civile. Joanna de Lewardeen, consentez-vous à prendre pour mari Samuel Cordier ?

Joanna jeta un cri de surprise et presque d'effroi ; elle hésita un moment, et regarda avec anxiété Samuel qui attachait sur elle des regards suppliants et pleins de larmes.

Oui, dit-elle d'une voix ferme ; oui, j'accepte les nobles bienfaits de l'homme généreux qui n'a cessé d'être mon ange tutélaire, même avant que je fusse née : oui, messieurs, et je les accepte, parce que je l'aime, parce que je serai heureuse de dévouer, à mon tour, ma vie entière à son bonheur. Samuel, mon ami, mon époux, donnez-moi votre main, et que Dieu reçoive nos serments !

Le bourgmestre, après avoir essuyé une larme qui troublait sa vue, acheva de remplir les formalités légales, et on passa ensuite dans la chapelle, qui communiquait, par une porte latérale, avec la Maison-Commune.

Le ministre bénit l'union des nouveaux

époux, et termina la cérémonie par une courte allocution :

— Madame, dit-il à Joanna, en faisant une vague allusion au passé, Dieu vous donne en ce moment le véritable bonheur, et vous n'avez plus de déceptions à craindre. Dans le besoin d'affection et d'ardeur qu'éprouve votre âme, la maternité saura la remplir et l'embraser tout entière ; car la maternité est un amour sans déception, et même dans ses souffrances sublimes, elle offre un avant-goût des oies saintes et des émotions indicibles de la Jérusalem immortelle.

La cérémonie achevée, Samuel présenta son bras à Joanna et l'emmena vers une maison que la jeune femme reconnut avec un battement de cœur, car c'était celle où elle avait passé tant d'heureuses années. A sa grande surprise, la porte de cette maison s'ouvrit, et elle reconnut sur le seuil les mêmes domestiques qui la servaient quatre années auparavant. Dans une joie inexprimable et qui tenait presque du délire, elle s'élança vers chacun des appartements ; rien n'y était changé. Les moindres meubles avaient repris leur place. On aurait dit qu'une absence de quelques jours s'était seulement passée. Samuel la suivait dans cette visite rapide, et jouissait de sa surprise; elle lui prit les mains et les porta à ses lèvres :

— Oh ! je t'aime ! lui dit-elle, je t'aime !

Il faut maintenant laisser écouler, s'il vous plaît, cinq années. Un matin, Joanna, assise dans le jardin près de sa mère, contemplait en souriant deux petites filles qui s'ébattaient sur l'herbe, et dont le rire frais et joyeux résonnait délicieusement dans son cœur, avec une mélodie que n'eût point eue pour elle la plus exquise musique. Les petites folâtres rivalisaient de légèreté avec la biche familière qu'elles poursuivaient, et qui s'arrêtait effrontément dans sa fuite pour tondre quelques brins d'herbe qui la tentaient... Elles revinrent tout à coup se réfugier près de leur mère. Un étranger, accompagné d'une dame, descendait de voiture devant la grille, et demandait le docteur Samuel. Joanna ne put se défendre d'un mouvement de surprise, car c'était le prince et la princesse de Matthiœsen qu'elle avait vus autrefois à Paris.

Ceux-ci ne reconnurent point Joanna, à qui la maternité et le bonheur valaient une beauté pleine de majesté et de grâce ineffable.

— Je viens solliciter les soins du docteur Samuel pour une personne qui n'en éprouve que trop, hélas ! le besoin. Seul, monsieur votre mari peut apporter quelque adoucissement à ses souffrances. Nous arrivons exprès de La Haye pour le supplier de tenter une cure à laquelle nous osons espérer à peine.

En ce moment, le docteur entra. Ses deux enfants coururent au-devant de lui pour l'embrasser : Joanna, oubliant la présence des étrangers, suivit les enfants, et présenta son front aux lèvres de son mari ; puis elle passa son bras sous le sien, tandis que les petites filles s'emparaient de ses mains ; ce fut au milieu de ce groupe charmant que l'heureux Samuel s'avança vers le prince. Le bonheur, la paix et la force se lisaient hautement sur le front du docteur, qui semblait avoir retrouvé une nouvelle jeunesse. Le prince exposa en peu de mots le sujet de sa visite.

— Monseigneur, mon mari s'estimera

heureux d'être agréable à son Excellence le prince Matthiœsen, répondit Joanna.

Surpris d'entendre prononcer leur nom, le prince et sa femme regardèrent Joanna avec étonnement.

— Son Altesse oublie donc ses bienfaits? continua Joanna. Ne lui souvient-il plus d'une bourse pleine d'or qu'elle glissa mystérieusement, un soir, sur les genoux d'une pauvre fille?

— Joanna de Lewardeen?

— La femme du docteur Samuel Cordier, son heureuse femme!

— Quel éclat doit avoir acquis votre talent, déjà si brillant il y a six ans! Je suis impatiente de connaître vos nouvelles œuvres.

— Voici ma poésie, répliqua Joanna en montrant les deux petites têtes blondes qui se pressaient contre elle. Devant les sublimes tendresses de la maternité, les émotions de l'art sont froides et insuffisantes pour le cœur d'une femme. Depuis cinq ans, les seuls vers que j'aie faits sont des chansons pour endormir mes enfants!

FIN.

BIBLIOTHÈQUE IMPÉRIALE

Imprimé par Charles Noblet, rue Soufflot, 18.

www.ingramcontent.com/pod-product-compliance
Ingram Content Group UK Ltd.
Pitfield, Milton Keynes, MK11 3LW, UK
UKHW031843260826
14628UKWH00002B/549

9 782012 861718